二宮ナズナの花嵐な事件簿

京の都で秘密探偵始めました

望月麻衣

角川文庫
22555

目次

本作は、実在する土地を舞台にした学園ミステリーであり、ラブコメディです。

『そんなことはありえないだろう』と思うような数々の展開が繰り広げられますが、フィクションが故のエンターテインメントと割り切って楽しんでいただけたら幸いです。

青天の霹靂《へきれき》、寝耳に水、瓢箪《ひょうたん》からコマ。この場合は何に当て嵌《は》まるのだろう？

私は訝《いぶか》りながら、口元に笑みを浮かべた男を見上げる。

「——というわけで、今日からお前は、私立嵐山桜花《あらしやまおうか》学園の『秘密探偵』な」

「なっ、秘密探偵？」

「ああ、一緒にがんばろうな、ナズナ」

笑顔で手を差し伸べ握手を求める彼を前に、戸惑いすぎて言葉が出ない。

その日から私は、ひょんなことから『学園の秘密探偵』というこの上なくアヤシイものになってしまった。

『過去の自分を知る人のいない、京都という素敵な町で雅《みやび》かつ平凡な日々を送りたい』

そんなささやかな私の願いは叶《かな》えられることもなく。

まだ見えない敵との戦いの火蓋《ひぶた》が切られた運命の夕暮れ。

春の強風に桜の花びらが乱れ飛んでいる。

そう、花嵐だ。

どうしてこんなことになってしまったかというと——話は少し前にさかのぼる。

第一章　二宮ナズナ、京都へ行く!?

1

「うん、今日も絶景」

私は窓の外を眺めて、しみじみとつぶやく。

絵葉書のような景色というのは、まさにこのことなのかもしれない。

目の前にどこまでも広がる美しい丘陵。

雲ひとつない真っ青な空の下、草原にポツンと立つ一本の木。

この光景はかつてタバコのパッケージとして使われ、それ以来『セブンスターの木』と呼ばれて、今は北海道を代表する観光名所になっている。

地元、美《び》瑛《えい》の自慢だ。

私はこの広がる大自然の中で育ち、ここをとても愛している。それと同時に、

「本当に絶景……というか、絶景ばかり」

この田舎から抜け出したいと思っているのも、正直な気持ちだった。

「さて、そろそろ、準備をしよう」

ぱたん、と私は窓の障子を閉め、キャリーバッグを手に自分の部屋を出て、居間へと向かう。

――田舎は不便だ。

ある田舎に住む人は、バスの本数が一時間に一本しかない、と嘆いていたけれど、私に言わせれば、一時間に一本もあるならば御の字だ。朝、昼、夕方のピンポイントしかバスが走っていない田舎もあるのだから。

そんな田舎に住む者たちに、バスの時刻表のチェックは欠かせない。闇雲にバス停に向かったりはしないのだ。下手をすれば何時間もバスを待たなくてはいけなくなる。

私・二宮《にのみや》ナズナも例に漏れず、冷蔵庫に貼ってあるバス時刻表を確認していた。

居間の真ん中のちゃぶ台の前には、父の姿がある。

父は、強面《こわもて》で屈強な体格をしている。いつも、その大きな図体《ずうたい》で、忙《せわ》しなく動き回っているのだが、今は大人しく座っていた。顔の前に手を組み合わせるというどこかで見たようなポーズで、何度もため息をついている。

なんだ、そのわざとらしさは……。

私は心の中で突っ込みながらも、そのため息をあえて無視した。ふんふんと鼻歌を歌いながら、バスの時間を確認して、スマホのアラームをセットしていると、

「……ナズナ、本当に行くのか？」

父は低い声で、ぽつりと訊《たず》ねる。

この世の終わりのような顔をしている父とは裏腹に、私は明るい笑顔を返した。

「うん、もちろん！」

そうか……、と父は息を吐き出す。

「まったく、今さらなんなのよ。散々、話し合ったことじゃない」

そうなんだけどな、と父は顔を上げた。

「昨日、東京から帰ってきたあいつの話は聞いたんだろう？　そうそう、シゲだ」

「聞いたけど……？」

シゲとは地元のヤンキーだ。高校を卒業し、意気揚々と東京に出て行くも、都会に打ちのめされて、たった二週間で逃げ帰ってきてしまったのだ。

「都会は怖いところなんだよ、分かるだろ、ナズナ」

もう、と私は父に一瞥《いちべつ》をくれる。

「シゲが行ったのは東京でしょう？　私が行くのは京都。しかもおばあちゃんの家だよ。シゲとは、全然違うでしょ」

「いや、ナズナ、怖さで行くなら、東京よりも京都の方が……」

あのね、と私は父の言葉を遮る。

「私は今、高校二年生になったところなの。これから受験勉強をがんばらなきゃいけない時期なの。だからお父さんに付き添って海外なんて行けないよ。私はおばあちゃんのいる京都でちゃんと勉強をがんばるって、何度も話し合いをして決めたじゃない」

父をたしなめつつ、『京都』という言葉にどうしても口元がゆるむ。

どうしよう、京都。楽しみすぎる。

北海道には、二種類の人間がいるように思える。完全なる主観なので、事実と異なっても大目に見てもらいたいのだが――。

北海道を愛し、北海道が最高で、『北海道から絶対に出たくない』と思っている人と、北海道はもちろん好きだけど、『外の世界に出たい』と強く願う者。

私は後者だ。あくまで個人の意見だけれど、北海道は広大だけど、まるで小さな島のような閉塞感《へいそくかん》がある。

私はそんな閉塞感が息苦しく、外の都府県に強い憧《あこが》れを抱いていた。

高校を卒業するまでは、北海道を出られないだろうと諦《あきら》めていたけれど、この度、父の海外赴任が決まり、私に三つ選択肢が与えられたのだ。

①美瑛に住む知人の家に世話になる。

②父と一緒に海外に行く。
③京都に住む祖母の家にお世話になる。
迷わず選んだのは、③だった。

顔馴《な》染《じみ》の知人とはいえ、赤の他人の家に世話になるのは気が引けるし、海外は魅力的だけど、父と一緒には行きたくない理由がある。

となると、祖母の家だ。

祖母はかつて神奈川に住んでいたけれど、十年前に京都に移り住んだ。

きっと京都に憧れがあったのだろう。分かる、私も憧れている。この機会にうるさい父から離れて、憧れの京都に住めるなんて、そんな良いことはない。

諸手を挙げて小躍りしたい気持ちでいると、父の足元で柴犬《しばいぬ》が『ク～ン』と鼻を鳴らす声がした。

つぶらな瞳《ひとみ》が愛らしく、キュンと胸が詰まる。

「ああ、この子と離れるのだけは寂しいよ！」

しゃがみ込んで、愛する柴犬をギュッと抱きしめると、父は面白くなさそうに顔をしかめる。

「この子と離れるのだけは？」

だって、と私は口を尖《とが》らせる。

兄弟のいない私にとって、この子は私の弟で心の癒《い》やし。

京都に行けるのは嬉《うれ》しいけど、この子との別れは寂しすぎる。

「おばあちゃんのところに連れていきたいな……」

可愛い頭を撫《な》でながら、ポツリとつぶやくと、父が勢いよく身を乗り出してきた。

「駄目だ、コイツは俺の相棒だ！　コイツを京都にやるというなら、代わりにお前が一緒に来い！」

「やだよ。連れていくのは諦めるよ」

「おい、諦めるの、早いな」

わいわいと言い合っていると、スマホがピピピッと音を立てた。

家を出る時間を知らせるアラームだ。

「もうバス停に向かわないと」

「わざわざ、バスで行かなくても、空港まで送っていくのに……」

「いいよ、お父さんも色々と忙しいでしょう？　気にしないで」

優しい娘のようなことを言っているけど、実はそうではない。

地元からバスに乗って、遠い町へと旅立つというシチュエーションに、勝手にドラマを感じているだけだ。

「それじゃあ行ってきます」

「ああ、ナズナ、本当に気をつけろよ」

「だから大丈夫だって」

私は笑顔で言って大きく手を振りつつ、家を出た。

そのまま、軽快な足取りでバス停へと向かう。

手には、ダークブラウンのトランクキャリーケース。アンティーク風のデザインに一目ぼれしたもので、今回の上洛《じょうらく》に合わせて、ネットで買ったものだ。

これなら、お洒落《しゃれ》な人が多そうな京都の町でも恥ずかしくないはず。

ああ、ワクワクと胸が高鳴る。

澄んだ青空を仰ぐと、少しひんやりとした風が頬を撫でる。

爽《さわ》やかで心地いい、北海道の春風。

ありがとう、私を育ててくれた大自然。

私はこれから、この『試されてる』らしい大地を旅立ちます。

祖母に会うのは何年ぶりだろう？

思えば、最後に会ったのは神奈川に住んでいた頃だったから、京都の家に行くのは初めてだ。

写真で見る限り、大きくて素敵な洋館だった。

京都にそんな豪邸を構えているなんて、祖母の家は結構なお金持ちなのだろうか？

やだ、どうしよう、これから私『京都のお嬢様』になっちゃうんだ。

頬がゆるんで仕方ない。

誰も自分を知らない地で、新しい生活を始める。

それは、私の十七年間の人生をリセットして、新たにやり直すチャンスが到来したということ。

学校の帰りに、祇園《ぎおん》に行って抹茶パフェを食べたい。

素敵な京男子と出会って、古き良き社寺をデートしたい。

そう、私の青春はこれからがスタート。謳歌《おうか》します！

2

新千歳《しんちとせ》空港から飛行機に乗り、伊丹《いたみ》空港までひとっ飛び。

伊丹空港から京都へは、バスで小一時間ほどで着く。

祖母は、源氏物語でも知られるお茶で有名な町——宇治《うじ》に住んでいるそうだ。

最寄り駅は、京都駅から近鉄《きんてつ》電車に乗って、約三十分で着く。

「——ナズナちゃんが来てくれて嬉しいわ。北海道から、はるばる疲れたでしょう？

まあ大きくなって」

祖母はやってきた私を見るなり、嬉しそうに目を細めて歓迎してくれた。

グレーヘアがモダンな年配の女性だ。

初めて訪れた祖母の家。写真を見て、大きな洋館だと思い込んでいたけれど、ごく普通の一軒家だった。

白い壁に緑の屋根で、一部にレンガも使用されている。お洒落で可愛らしいけれど、豪邸とは程遠い。なんなら、普通の家よりも小さめだ。

写真というのは、人の容姿だけではなく、家すらも盛ることができるのか……。

「…………」

若干の計算違いを感じたけれど、この家で祖母と暮らせることには変わりない。

私は気を取り直して、祖母に向かってぺこりと頭を下げる。

「これからよろしくお願いします。おばあちゃん」

すると、それまでにこにこ笑っていた祖母の顔から、笑みが消えた。

「あら、やだ、ナズナちゃん。私のことは『冴子《さえこ》さん』と呼んでちょうだいな。そういうのに憧れていたのよね」

どうやら、『おばあちゃん』は地雷だったらしい。思えば彼女にとって孫は、遠くに住んでいる私ただ一人。『おばあちゃん』なんて呼ばれ慣れていないのだろう。

「よ、よろしくお願いします、冴子さん」

「ええ、よろしくね、ナズナちゃん」

祖母は、まるで花が咲くように笑う。

ただならぬオーラに私は、怖い、と気圧《けお》されながら、引きつった笑みを返す。

一見穏やかそうだけど、祖母は柔道の師範代であり、あの父を産んだ人なのだ。

そう思えば、今の迫力も納得がいく。

ちなみに死んだ祖父は、柔道の師範だった。祖父母が神奈川から京都に移り住んだのも、柔道が関係している。十年前に京都に住む知り合いから、柔道の顧問をしてほしい、と声がかかったのだ。

元々、京都が好きだった祖父母は、二つ返事で快諾。しばらく二人で柔道の顧問をしていたのだけど、五年前に祖父は他界し、その後は祖母も顧問の仕事を引退し、ここで一人暮らしをしている。

「ナズナちゃんの部屋も用意してあるのよ。二階の見晴らしのいいお部屋」

こっちよ、と祖母は、廊下に出て階段を上る。

どんな部屋なのだろう？

私は祖母の後につきながら、ドキドキと胸を高鳴らせる。

北海道の家は、古い長屋のような住宅を買い取って父が自分で修繕したものだった。

そのため、お洒落さとはほど遠く、私の部屋も畳部屋。

畳部屋といっても京都の料亭のような雅《みやび》で美しい和室とは程遠い、単に古めかしい部屋だったのだ。

それでも、できるだけ洋風の素敵な部屋にしたいと可愛いラグマットを敷いたり、小物を飾ったりと、私なりに努力はしていた。けれど、畳は隠しきれていなかったし、扉も襖《ふすま》。しかも、襖には先住者が貼ったシールがそのままになっていて、それを剥《は》がすと、穴が開いているという、どうにも残念な部屋だった。

「気に入ってくれるといいけど」

そう言って祖母は、二階突き当たりの扉を大きく開ける。

「わあっ」

目に飛び込んできた可愛らしい部屋に、私の口から感激の声が洩《も》れた。

北欧を思わせるウッディな壁に、白いベッド、小花柄のカウチ。アンティークテイストのチェストにデスク。まるで童話か赤毛のアンに出てくるような部屋だ。

「素敵！　おばあちゃん……じゃなかった冴子さん、ありがとう！」

きゃあ、と声を上げて祖母に抱きつくと、「まあまあ」と頭を撫でてくれる。

「気に入ってもらえて良かった。見晴らしもいいのよ」

「本当？」

さっそく窓に駆け寄って外を眺めると、小さな庭の向こうに田園風景が見えた。

「とっても綺麗《きれい》。なんだか地元の丘っぽい」

「美瑛も綺麗なところだものね」

「うん、美瑛は丘がとっても綺麗なの。ここの田園風景も……」

そこまで話したところで、動きを止めた。

……ええと。実はずっと気になっていた。けれど、あらためて。

窓の外には、のどかな田舎の風景が広がっていて、田んぼの向こうには、普通の住宅が並んでいる。

神社仏閣は？　五重塔は？　和雑貨の店や和菓子屋さんは？

——ここ、京都だよね？

身を乗り出して確認するも、やっぱり普通の田舎町の景色しか目に入ってこない。

「……あの、冴子さん、ここって京都……でしたよね？」

「ええ、そうよ。京都府」

「お寺とか神社とか、和雑貨店とか、なんていうか、その……和の風景は？」

そう訊《たず》ねると、祖母は、ふふっと笑った。

「洛中《らくちゅう》ならそういう感じだけど、ここは京都市外だから、至って普通の住宅地よ」

「え」と、私は訊き返す。

「この辺りは、京都市と奈良市の中間辺りにあって大阪にも行きやすいから、そういった町中に仕事に行く人たちのベッドタウンといったところかしら。まぁ、普通の住宅地ね」

「ベッドタウン……」

「京都市外は『洛外』なんて言われるけど、よそ者にもとても住みやすい町よ。『怖くない京都』って私は呼んでるわ」

「怖くない京都……」

スマホでなんでも連絡を取り合う昨今。祖母の詳しい住所など、はっきり言って記憶にはない。雅な町で、新たな青春を送る予定だったのに……。

「さあ、ナズナちゃん。食事にしましょう、お腹すいたでしょう？　裏のお友達が、ジャガイモをたくさんくれたのよ。この辺り、家庭菜園している人も多いの」

「……はぁ。地元でもよく近所からジャガイモをもらっていました」

「北海道のジャガイモは美味《おい》しいわねぇ」

愉《たの》しげに部屋を出ていく祖母の背中を呆然《ぼうぜん》と眺めながら、私は再び窓の外に目を向けた。

まったく目新しさを感じない、のどかな風景が広がっていた。

3

大豪邸だと思っていた祖母の家が思ったよりも小さかったことや、雅な町・京都で生活できるはずが、郊外の普通の田舎だったり。他にも夕方にはコウモリが飛んでいて驚かされたりと、まあいろいろ計算外なことはあった。けれど！

新たな土地、新たな世界で、新しい人生を送れることだけは確保されている。

そう、ここには過去の自分を知る人はいない。

生まれ変わったつもりで、大いに青春しようではないか。

今日は初登校日。

早朝に起きて、シャワーを浴び、私は『私立嵐山桜花学園』の制服に身を包んだ。

制服はブレザーだ。ダークグレーのジャケットに小豆《あずき》色がベースのチェックのプリーツスカート。スカートと同じ色のリボン。

地元の高校でもブレザーだったけれど、新しい制服に身を包むのは気が引き締まる。

ちなみに、私が通う『私立嵐山桜花学園』（以下、桜花学園）は、十数年前に創立された新しい学園で、その名前から察せられるように嵐山にある。

これは、嬉《うれ》しい。あの嵐山だ。

実はこの学園、祖父母が、京都に移住することになったキッカケでもある。

祖父母は、桜花学園の理事長と親しく、桜花学園に柔道の顧問として招かれたのだ。

そのため、私が京都に引っ越してくることを知った理事長が、『ぜひ、うちに』と、言ってくれたそうだ。

桜花学園は、他都道府県出身の富裕層が通う学園として知られているらしい。そのため入学金も高額。

だが、私は、理事長の厚意により、かなり免除してもらえたとか。

「お嬢様学園ってことだよね」

男子生徒もいるから、正確にはお坊ちゃん・お嬢様学園だ。

生徒の多くは、東京都内出身らしい。

庶民かつ、田舎者の私が、上手《うま》くやっていけるだろうか？

――ふと、田舎のシゲの話が頭を過《よぎ》る。

高校卒業後に上京したものの、瞬く間に北海道に帰ってきた、シゲ。

地元では手の付けられない暴れ者と怖がられていたけれど、私にとっては、鼻垂れ時分から成長を見続けている幼馴染《おさななじみ》の一人。二つ年上だけど、子どもっぽいところがあるので、弟のように思っていた。

シゲは、東京を仕切ってやるよ、と意気揚々と上京したのだ。

そんな勢いだけが取り柄の彼も、帰ってきた時は、すっかり小さくなっていた。

＊

『ナズナ、都会ははんぱねぇ。みんな冷てぇよ。俺が話すたびに、「おっ、北海道弁」「道《ど》産子《さんこ》、道産子」って笑うんだ』

シゲは部屋の隅で膝《ひざ》を抱えて、目に涙を浮かべながら言った。

その姿には驚かされたし、何より不可解で、えっ、と私は眉根《まゆね》を寄せる。

『シゲの言葉のどこが北海道弁？　標準語でしょ』

『だべ？　普通だろ？　俺、北海道弁出てるか？』

『なんもだよ、なんも出てない。テレビの言葉通りだよ』

『だべ？　そんな感じで、自分のどこに道産子を感じるのか分からねぇけど、あんまり笑われるから、俺、キレちまったんだ』

『キレたって、もしかしてシゲ……』

『暴力は振るってねぇ。怒鳴っただけだ。〝お前ら、おだってんじゃねぇよ！〟って』

『……シゲの一喝は、それなりに迫力があるからね』

『それがよ、「北海道弁爆発」って爆笑されたんだ』

『えっ、今のどこが北海道弁で、笑われる要素があったの？』

『マジで分かんねぇ。都会怖《こえ》ぇよ、ナズナ。お前も気をつけろよ……』

＊

シゲの言葉を思い返し、私は息を呑《の》んだ。

「北海道出身ってこと、隠しておいた方がいいのかな？」

いや、すでに書類を送って、編入試験も受けている。

今さら隠しようがない。せめて、北海道弁は控えるようにしよう。

うなずきながら、私はヘアブラシで髪を整える。

地毛にしては明るめの肩にかかる程度のボブカット。今までは『長すぎる髪は危険だからダメだ』と、父にうるさく言われて、なかなか伸ばせなかったのだ。

何が危険だと言うのか。これからはもうちょっと伸ばしたい。毛先を巻いたりもしたいし、今までチャレンジできなかったガーリーなワンピースも着てみたい。

せっかくお嬢様学園に編入できるのだ。もっと女子力を高めるように心がけよう。

素敵な女子になった暁には、雅《みやび》な京男子と嵐山でデート……なんて！

私は顔を両手で覆う。

「ナズナ、早く朝食食べないと、遅れちゃうわよ」

一階から祖母の声が響く。

私は、はーい、と声を上げて、階段を下りる。

リビングに入り、ダイニングテーブルの上を見て、私は目を輝かせた。

トーストにスクランブルエッグ、そしてコーヒーが並んでいる。どれも白い食器だ。

カフェのモーニングのようなメニューを前に感激しながら腰を下ろす。

「素敵、美味しそう」

「嫌だわ。簡単なものよ」

「うちでは、いつも朝は和食だったから」

「あら、それもいいわね」

「そうなんだけど、こういう朝食に憧《あこが》れていて……でも、なんだか意外。冴子さんもすっかり京都に住んで長いし、朝は和食派かと思ってた」

すると祖母は、あら、と目を瞬かせる。

「京都に住む人たちは、パン好きが多いのよ。朝食もパン派が多め」

「そうなの？」

「ええ、パンとコーヒーの消費量は日本一って言われているんだから」

ふふっ、と笑う祖母に、私は、意外、と相槌《あいづち》をうちながら、いただきます、と手を合わせた。

4

「それじゃあ冴子さん、行ってきます」

「はい、行ってらっしゃい。気をつけて」

朝食を食べ終えた私は、元気に家を出て、クロスバイクという種類の自転車に跨《またが》る。

学校がある嵐山までは、公共交通機関を使うと一時間半かかるそうだが、自転車ではなんと、木津川《きづがわ》のサイクリングロード（京都《きょうと》八幡《やわた》木津《きづ》自転車道《じてんしゃどう》）を走っていけば、嵐山まで一時間強で着くそうだ。

この家には、亡き祖父が乗っていたというクロスバイクもあり、晴れの日は自転車通学にしようと決めた。

軽快に自転車を漕《こ》いで、サイクリングロードを走り抜ける。

広い空と、川からの風が心地よい。

テレビでよく観るあの嵐山の風景が見られるのを楽しみにしていたら、桜花学園は、そこに辿《たど》り着くよりもずっと手前にあるようだ。

私の自慢の健脚をいかんなく発揮したため、思っていたよりも早くに着きそうだ。

せっかくだから、観光地として有名な嵐山を見に行こう。

私は自転車を漕ぐ足を速める。

やがて桂川《かつらがわ》に掛かる橋——渡月橋《とげつきよう》が見えてきた。

川の向こうには、土産店が並んでいる。観光客で賑《にぎ》わっている印象を持っていたが、今はまだ朝も早いため人もまばらだ。

「わぁ、本当にテレビでよく観る景色」

学校帰りにここで、友達と抹茶スイーツを食べたりしたい。

そして、彼氏ができた暁には、ここでデートも……。

「さっ、本当に学校に行こう」

急に気恥ずかしくなった私は、そそくさとスマホを出して地図を確認し、Uターンする。

桜花学園は、随分と山の中にあるようだ。

最初は、北海道では見られない竹林に感動していたけれど、鬱蒼《うつそう》とした様子に不安にもなってくる。北海道なら熊でも出てきそうな山の中だ。

道を間違ったのだろうか？

自転車から降りてスマホを確認しようとした時、『私立嵐山桜花学園』と書かれた桜色のスクールバスが、私を追い越していった。

よく見ると竹林の向こうに、瀟洒《しょうしゃ》な佇《たたず》まいの校舎が見える。

自転車を走らせていくと、その全貌《ぜんぼう》が見えてきた。

まるで、函館《はこだて》の『旧函館区公会堂《きゅうはこだてくこうかいどう》』を思わせる、華やかな洋風建築の校舎だ。明治を思わせる佇まいだけど、まだ新しい。

それもそのはず。この学園は創立から、十数年程度だそうだ。

桜花の名に相応《ふさわ》しく、校庭には桜の木が多い。

花は満開で、既に花びらを散らせている桜の木もある。

駐輪場に自転車を停めて、間に合って良かった、と胸を撫《な》でおろす。

「今日、どのクラスになるのか教えてもらえるんだよね……」

富裕層のご子息・ご令嬢が通う桜花学園は、乱暴に思えるほど偏差値が幅広いらしい。そのためエリートのA組から、最下位のE組と、偏差値ごとにクラス分けしているという話だ。

私も編入にあたり、あらかじめ前の学校で試験を受けていて、

『二宮の成績は普通レベルだから、きっとC組あたりになるんじゃないか？』

と、担任は言っていた。

私としては、C組で十分。普通が一番だ。

でも、得意な問題が出ていたから、B組ということもあるかもしれない。

　そんなことを思っていたら……。

＊

「――へっ？　私がＥ組ですか？」

　学校に到着した私は、すぐに職員室に向かった。

　その職員室の片隅のテーブルで、男性教諭にこれから自分が学ぶことになるクラスを伝えられたのだ。

　ざわついている職員室。Ｅ組と言われたのは、きっと聞き間違いに違いない。

　しかし、能面のような顔をした教師は、冷酷に同じ言葉を告げた。

「ああ、二宮くんは、今日からＥ組に入ってもらう」

「あの……、ここは成績によってクラス分けがされているんですよね？」

「ああ、そうだが？」

「どうして私がＥ組なんですか？」

「君の編入テストの点数があまりにひどくてね」

「嘘です、あのテストは得意な問題が結構出て、自信があったのに！」

　私は、ムキになって前のめりになる。

　すると、先生は書類に目を向けて、小さくうなずいた。

「そうだろうな」

「はい？」

「おそらく君はマークシートの解答欄を一段ズレて解答したものと思われる。そのため点数は惨憺《さんたん》たる有様だったというわけだ。どんな事情であれ、テストの結果でクラス配属が決まるから、私にはどうしようもないことだ」

　ピシャリと言われて、私は返す言葉もなく肩を落とした。

「……そうですか。マークシートを一段ズレて解答、ですか」

　それで、成績最下位のＥ組に……。

　ああ、私のバカ！　肝心なときに、どうしてドジしちゃったんだろう？

　編入早々、成績最下位のクラスに配属なんて、素敵な恋から遠のいちゃったよ……。

　うなだれたまま暗い表情を浮かべていると、先生がポンッと優しく肩に手を載せた。

「二宮くん、そう残念がることもない」

「えっ？」

「Ｅ組の担任はこの私だ」

　それまで能面のようだった先生が、急に満面の笑みで白い歯を光らせる。

　私は、『それが何さ！』と叫びそうになり、グッと耐えた。

「それに半年に一度、クラス編成試験もある。そのときに挽回《ばんかい》すれば、君ならC組には行けるだろう」

最後につけ足された言葉に、私は急に明るい気分になって顔を上げた。

「それでは、教室に案内しよう。ああ、私の名前は真鍋《まなべ》スグル。一部の口の悪い生徒たちは『真面目スグル』なんて言いやがるが、君まで言わないように」

言いやがる、って……。

私は絶句して、そのまま立ち上がる先生の姿を呆然《ぼうぜん》と眺める。

彼は随分とフラストレーションが溜《た》まっているのかもしれない。それは、やはり、真面目過ぎるが故なのだろうか？

それにしても……真面目スグル。うまいことを言う。

ふき出しそうになったのをグッとこらえて、私は真鍋先生と共に職員室を出た。

先生の後ろを歩きながら、校舎を観察するように眺めていく。

外観は洋館のように洒落《しゃれ》てレトロな佇まいだったが、中はいたって普通の校舎だ。

その一方で普通の学校とまったく違うところがひとつある。校舎の周りを高い塀が、グルリと取り囲んでいるのだ。なんだか物々しい。

「先生、どうしてあんなに高い塀があるんですか？」

歩きながら問うと、真鍋先生は、歩みを進めたまま話す。

「うちの学校の生徒は、富裕層か優秀な者しかいない。今の時代、どこから不審者が入ってくるかわからないから、正門しか人が出入りできないようになっているんだ。防犯ということだ」

先生は窓の外に目を向けることもなく、あたりまえのように答える。

富裕層か優秀な者しかいない、と言い切られてしまっては、そのどちらでもない自分がここにいて大丈夫なのだろうか、と心配になってくる。

それにしても、不審者対策とは、田舎者には出てこない発想だ。

うちの田舎では、人はおろか、近所の犬とかも自由に入ってきてたくらいだ。

同じようなのどかな光景でもやっぱり違う。別世界だ。

再び窓の外に目を向けると、大きな長方形の箱を運んでいる業者が見える。

「あれは？」

「ああ、絵画だろう。富裕層の方々が邸宅にある名画を生徒の学びのために一時的に学園に預けてくれるんだ」

と真鍋先生は言ったあと、顔を上げた。

「あそこが、うちの教室だ」

私も顔を上げると、『2-E』という札が目に入る。

ここが、成績最下位のE組。富裕層のおバカって、どんな雰囲気なんだろう？

テレビで見たことがある『パーティピーポー』と呼ばれる人種を想像して息をついていると、先生は、ガラリと引き戸を開けた。

その瞬間、ムワッと汗臭いニオイが鼻の奥を突き刺す。

男臭っ、と、私はとっさに口を押さえた。

「おはよう、諸君。今日は転校生を紹介する。お父さんの海外赴任が決まり、京都に住むお祖母《ばあ》さんを頼ることになったため、この学園に編入してきた二宮ナズナくんだ」

入るなりそう告げる真鍋先生のあとについて、私はコソコソと教室に足を踏み入れて、頭を下げる。

「二宮ナズナです。よろしくお願いいたします……」

自己紹介の後、うわぁ、と思わず声が洩《も》れた。

目に飛び込んできた光景は、想像を遥《はる》かに上回っている。

そこは、昔の学園ドラマで見るような『ヤンキー』の巣窟《そうくつ》だった。

着くずしすぎた制服に鼻のピアス。金や赤、オレンジ色と明るすぎの髪が、色鮮やかに教室を彩っている。机の上に両足をドッカリと載せる男子。ガムをクチャクチャ噛《か》む男子。机の上に鏡を置いて、コームで髪を整えてカチューシャをする男子。どんな修羅場をくぐり抜けたのか、と思わせる、顔に傷のある男子。明らかに学校に持ってきてはいけない大人な雑誌を慌てて隠す男子。

右に男子、左に男子……男子ばかりだ。

「あの、ここ共学ですよね？　どうして男子ばかりなんですか？」

私が小声で尋ねると、

「ああ、共学だよ。ただＥ組に女子はいないんだ」

真鍋先生は表情も変えずにサラリと答える。

「女子はいない？」

それはつまり、Ｅ組に入るようなバカな女子はいないということ？　共学なのに、女子がいない、この驚愕《きょうがく》の事実！　心の中で絶叫していると、その色とりどりの時代錯誤なヤンキー男子たちが、目を輝かせて私に注目していることに気がついた。

「おい、マジメスグル！　その女の子が転校生って、マジかよ？」

男子たちがいっせいに身を乗り出す。

「マジメじゃない、マナベだ！　……ああ、彼女は今日からこのクラスの仲間……」

真鍋先生が言いかけた瞬間、教室内に、うおおとケモノのような声が響いた。

「マジで？　超可愛いじゃん！」

「うちのクラスにもついに女子が！」

「俺、おバカな子、大好き！」

口々にそう叫ぶ男子たち。

たじろぎつつも、『超可愛い』という言葉に、私の肩がぴくりと震えた。

……可愛い？　否、『超可愛い』だ。うそ、超可愛いだなんて！

地元では誰も私のことを『可愛い』と言ってくれなかった。成績最下位のE組なんて、お先真っ暗だと思ってたけど私のことを『可愛い』と言ってくれる男子に囲まれて、半年間、紅一点、夢の逆ハーレム生活をしてみるのも悪くない。

『可愛い』の一言で、浮かれるような気持ちになった私は、弾むような足取りで指定された席につく。

ヒューヒューと口笛が飛ぶ中、ゆっくりと椅子に腰を下ろす。

「うわーっ、隣になりてぇ」

「後ろでもいい」

あちこちから飛ぶ露骨な声。まるで気分はアイドルだ。

「ナズナちゃんはドコから来たの？」

私が席につくなり、すかさず隣に座る茶髪の男子が話しかけてきた。

彼は、パッチリとした目が可愛らしい、バンビみたいな男の子だった。

「北海道から来たの」

とっておきの笑顔で答えると、周囲に座る男子たちが「マジで？」と声を上げた。

「いいよなぁ、北海道。スキー場しか行ってねぇけど」

「旭山《あさひやま》動物園ってやっぱハンパないの？」

「ってか、北海道のドコ？」

勢いよく食いついてくる。

北海道のどこなのか。きっと、『美瑛』から来たって言っても、分からないだろう。

「えーと、ふ、富良野《ふらの》の方から」

すると、みんなは、へぇ、と声を上げた。

美瑛は富良野の隣だ。少し悔しいけれど、ここは有名な隣町の名前を借りる。

「富良野っていうと、ラベンダーのとこだよな？」

そんな中、男子の一人が、知ってる知ってる、と前のめりになった。

「うちの母さん、『北《きた》の国《くに》から』ってドラマ好きで、何度も観てるんだ。あれだろ、『ホタリュ～』ってやつだろ？　撮影現場とか行った？」

勢いよく食いついてきてくれた彼に、よくぞ知っていてくれた、と頬が緩む。

「うん、もちろん。撮影現場は残されてるから、遊びに行ってたよ。ドラマで使われたカフェとかも実際に営業してるし」

今や全国に於《お》いて『北の国から』は、親の世代こそが知る古いドラマだろう。だけど、富良野における、あの有名なドラマ『北の国から』の影響力は今もなかなかに大きい。何より、あのドラマのおかげで、富良野の名前は、全国区だ。すぐ隣の美瑛も同じような景色で綺麗《きれい》なんだけど、と北海道にいたときは、眩《まぶ》しすぎる隣町に軽く対抗心を燃やしていたけど、ここまで来てしまえば、富良野を褒めてもらえるのも嬉《うれ》しい。

「にしても、うちのクラスに女子って夢みたいだな」

その言葉に私は、明るい気分になって顔を上げた。

「でも、ナズナちゃん、おバカさんなの？」

容赦も遠慮もない質問には顔がひきつる。

「えっと、編入試験のとき、マークシートの解答欄を間違えてて点数がさんざんで」

言い訳がましく告げる私に、みんなは納得したようにうなずいた。

「やっぱ、そんな理由か。ってことは半年後には、クラスメイトじゃなくなってるかもなんだなぁ」

「うわ、期間限定か、超寂しい」

「にしても、本当は成績がいいのにテストが悪くてこのクラスにいるなんて、まるで樋口《ひぐち》みたいだな」

うんうん、とうなずくみんなに、私は小首を傾げた。

「樋口……って誰？」

「ほら、あそこの窓際の一番後ろに座ってる男子、樋口一夜《いちや》のことだよ。テスト中に寝てて、このクラスになったんだ」

隣の茶髪男子が背後を振り返りながら、こっそりと指を差した。

私は振り返って、窓際の一番後ろの席に目を向ける。

少し長めの前髪に、整った綺麗な顔立ちの男子が、頬杖《ほおづえ》をついた状態で、窓の外を眺めていた。

そんな彼を見るなり、どきん、と私の胸が強い音を立てる。

驚いた。こんなカッコイイ男子がいるなんて。しかも、たまたまこのクラスにいるだけで、実は頭がいいという、どこかで聞いたような美味《おい》しいオプションつき。

思わず樋口一夜を凝視していると、視線に気づいた彼がゆっくりとこちらを見た。

冷たげな瞳《ひとみ》が、これまたタイプだ。

ごくり、と喉《のど》を鳴らした瞬間、

「見てんなよ、ブス!」

信じられない言葉が耳に届く。

ブ、ス?

——はぁ、今なんつった?

勢いよく立ち上がりかけたその時、真鍋先生がバンッと教壇を叩《たた》きつけた。

「いいかげん……俺の話を聞け!」

思わぬ迫力に、皆は体をビクンとさせてしおらしく前を向く。

そうか先生……まだ教室にいたんだね。

申し訳ないような気持ちで、私は肩をすくめる。

あんな失礼な暴言男は無視しよう。

いよいよ私の新たな学園生活がスタートするんだから。

5

朝のホームルームを終えて、一時間目の授業はなんだろうと思っていると、周囲の男子たちがそろって制服を脱ぎ始めた。

「えっ、どうしてみんな服を脱いでるの？」

私が、ギョッと目を剝《む》くと、皆はさらりと答える。

「だって一時間目体育だし」

あたりまえのように言って、ワイシャツを脱いだ。

「あ、そうか、今日体育があるからって、体操着も渡されていたっけ」

男子たちは、教室で着替えるんだ。

したら、私はどこで着替えたらいいんだろ？

しまった。話し始めに『したら』とか『したっけ』なんて、北海道弁はNGだ。

「ナズナちゃんも体操着に着替えなよ」

「なんなら見えないように囲ってやろうか？」

ニッと笑う彼らに、カァッと頬が熱くなる。

「あっ、赤くなった、可愛い」

「マジで？　俺も見たい！」

「可愛い可愛い、真っ赤なナズナちゃ〜ん」

サルのように跳びはねて身を乗り出してくる男子たち。

「もーっ、はんかくさいこと言ってないで、女子更衣室教えてよ！」

私がとっさに声を上げると、皆は動きを止めた。

「はんか……くさい……って、ナニ？」

しまった、思い切り出てしまった、北海道弁！

「ええと、それはそう、男ばっかりのところにいたら、ハンカチも臭くなりそうって言いたかったの！」

そう言って、私はポケットからピンクのハンカチを出す。

違うけど。全然違うけど。

『はんかくさい』はなんていうか、しょうもないとか、どうしようもないとか、馬鹿らしいとか、そういう意味合いだ。

ちなみに、使用例はというと、
息子『あー、ゴロゴロしてるだけで、成績UPできたらいいのによー』

母親『まったくあんたは、そんなはんかくさいこと言ってないで勉強しなさい！』

――こんな感じだ。

ちなみに中学生男子が馬鹿みたいに騒いでいる様子にも『ホント、はんかくさいよね、あいつら』といった感じで用いられる。結構、使い勝手がいいから良かったら使ってみて……と本当は声を大にして説明したいところだけど、我慢しておこう。

シゲの二の舞になったら大変だ。

北海道弁は広めるんじゃなくて、封印の方向で。

「女子更衣室は、体育館準備室の横だ。サッサと行けよ、田舎者」

ぶっきらぼうな言葉に驚いて振り返ると、失礼暴言男・樋口一夜がこちらを見ようともせずに、今も頬杖をついたままそう言っていた。

いけ好かない雰囲気。顔が良い男って、こういう難点があったりするものだ。

「ご親切にありがとう」

私は、鼻息荒く返事をして、体操着を片手に教室を出た。

まったく、あの男、顔がいいからって、失礼極まりない。腹が立つ。

怒りに任せて、ズンズンと廊下を歩いていると、

「ねぇ、あれがE組に入った転校生でしょう？」

「E組に女子なんて強烈」

そんなヒソヒソ話が耳に届く。

嘲笑《ちょうしょう》されていることに気がついて、私は足を止めた。

私は顔を上げて、彼らを見据える。

「編入試験の時にマークシートの解答欄を間違って書いてE組になった二宮ナズナです！　半年後には、A組になってると思うので、よろしくお願いします！」

気がつくと、私はそう声を張り上げていた。

シン、と静まり返る廊下。

怒りの勢いで変なテンションを出してしまった。第一、半年後に移るのはC組の予定で、A組なんて無理に決まってるのに。どうしよう、皆、ドン引きしている。

冷や汗が出るのを感じていると、クスクスと笑い声が聞こえてきた。

「面白い子だな」

人垣の中から、スラリと背の高い男子が姿を現わした。

黒髪に、涼やかな顔立ちの、頭が良さそうで、どこか性格の悪そうな男だ。嫌味な

感じで、好みではないけれど、一応『カッコイイ』タイプには分類されると思う。

周囲から、「保坂《ほさか》さんよ」「華道の家元の息子さんの」という声が届く。

華道の家元の息子と聞いて、なるほどと私は納得する。

姿勢が良く、佇《たたず》まいが上品なのだ。

もしかして、彼こそが出会いたいと願っていた京男子なのだろうか？

「はじめまして」

言葉は標準語だった。

私が、どうも、と会釈を返すと、彼はにこりと微笑んで、話を続けた。

「僕はＡ組の保坂です。半年後に君とクラスメイトになれるのを楽しみにしてるよ。まぁ、ただのハッタリだって分かってるけどね」

周囲にドッと笑いが沸き起こる。

——悔しい。でも、恥ずかしながら否定はできない。本当にハッタリだからだ。

俯《うつむ》いた私に、「どうしたのかな？」と保坂が顔を覗《のぞ》く。

私はキュッと下唇を噛《か》んだあと、顔を上げた。

「……ごめんなさい」

保坂は、えっ、と目を見開く。

「Ａ組って言ったのは、ハッタリです」

あっさり認めた私に、保坂も皆も驚いたようだ。

私は彼を見上げながら、両拳《こぶし》を握る。

「半年後に移るのは、C組の予定です！　というわけでC組の皆さん、半年後によろしくお願いします」

サッと頭を下げて、私はその場から立ち去った。

私が去ったあと、呆然《ぼうぜん》としながらも、

「なんだか、元気でイイ子じゃない？」

「ああ、なんか可愛かったかも」

と、廊下にいた人たちが洩《も》らしていた言葉は、残念ながら私の耳に届くはずもなく。

「バカ、本当に私のバカ！」

あまりの恥ずかしさに逃げるように更衣室に駆け込み、半べそをかきながら着替えていた。

6

体育の授業はバスケだった。もちろん私以外の生徒は全員男子。

コートに、紅一点だ。

「ってかナズナちゃん、ダイジョーブ？」

「見学しててもいーよ？」

軽く声をかけてくれるクラスメイトたち。

外見はヤンキーっぽいけど、結構いい人たちのようだ。思えば、彼らはこう見えて、富裕層のお坊ちゃんだから、基本的に育ちが良いのかもしれない。

「大丈夫、ありがと」

私が笑みを返すと、

「どさくさにまぎれて抱きつけるんじゃねぇ？」

「プレー中、間違っておっぱいに手が当たっても怒んないでね」

ぎゃはは、と彼らは下品に笑う。

前言撤回、と私は眉間《みけん》に皺《しわ》を寄せた。

「二宮、本当に大丈夫か？」

体育教師は、バスケットボールを手に心配そうに訊《たず》ねてくる。

「あ、本当に大丈夫です」

こう見えても運動は得意だ。

ピーッと笛が鳴り、簡単な試合がスタートした。

ジャンプボールで弾《はじ》いたボールを私が空中でキャッチすると、「おおッ！」「ナズナちゃん、すげぇジャンプ！」と声が上がった。

喚声の中、低いドリブルでコートをすばやく駆け、あわよくば接触しようと試みてくる男子たちを軽くかわす。

3ポイントラインで足を止めて、シュッとシュートを放った。

ボールはそのまま綺《き》麗《れい》な弧を描き、スパンッとゴールに入っていく。

試合開始から、十数秒。

クラスメイトたちや体育教師は一瞬ポカンと目と口を開けたあと、うおお、と喚声を上げた。

「す、すげーっ、なんだ今の動き！」

「見たか、オイ！」

「いや、マジでビックリした。シロートの動きじゃねぇし」

「ナズナちゃん、向こうでバスケ選手だったの？」

試合中であることを忘れ、敵も味方もなく一斉に訊ねてくる。

「バスケをやってたわけじゃないけど、運動は得意なの。だから遠慮はいらないから」

私は、得意になってVサインを見せた。

「そうか、ナズナちゃんは、運動バカなんだな！」

「だからE組なんだ！」

「でも、この運動能力を活《い》かせば、バカでも推薦で大学行けるんじゃねぇ？」

途端に納得する皆に、私はムキになって声を張り上げた。

「だから、私はマークシートをミスっただけで、偏差値は普通なの！」

「ってか、それもある意味バカだよな」

もう！　と口を尖《とが》らせると、皆は声を揃えて笑う。

そんな和気あいあいとした体育の授業も終わり、男子たちはガヤガヤと体育館を出て行き始めた。

「さて、私も着替えようか」

私が、女子更衣室に向かおうとすると、

「ナズナちゃん、次は自習みたいだから急がなくても大丈夫だよ」

「ゆっくりしておいでよ」

と、男子たちが声をかけてくれる。

「うん、わかった。ありがとう」

大きく手を振って、私だけそのまま更衣室に入った。

誰もいない、たった一人の女子更衣室。クラスに一人の女子だから、あたりまえだ。

「やっぱり寂しいから、早くＣ組に移りたいな……」

だけど、Ｅ組は思ったよりも居心地はいい。

ふんふんと鼻歌を歌いながら汗ばんだ体操着を脱いで、制汗デオドラントスプレーをシューッと身体にかける。

その時だ。

ガラリと更衣室の引き戸が乱暴に開き、E組と見られる男子たちが姿を現わした。

「ちわーっす」

先頭はプリン化した金髪に鼻ピアスの男。着くずしすぎた制服にはジャラジャラとチェーンのようなものがついている。

彼の後ろには同じようなタイプの男子が五人、ニヤニヤ笑いながらゆっくりとこちらに向かって歩み寄る。

彼らとは、まだ話したことがなく、体育の授業にも参加していなかった。

「ちょっ、ここ女子更衣室なんだけど！」

慌てて、ブラウスのボタンを留める。

もしかして、ブラは見られちゃったかも？

冷や汗をかくような気持ちでいると、

「んなこと分かってるよ」

頭がプリン化している男がそう声を上げると、即座に他の男子たちが私の両手をつかんで、身体を拘束した。

しまった。着替えに気を取られて、油断していた。

体操着のままならサッとかわして逃げられたかもしれないのに。

男たちに両脇をガッチリと押さえられ、鈍い自分にいら立ちながら、私は頭がプリン化している男——略してプリ男《お》を睨《にら》んだ。

「……何をするつもり？」

グッと拳を握りしめて尋ねると、彼らはギャハハと笑う。

「ナニされるか分かってるんだろ？　お前の名前、ググッても出て来ねぇのな。ただの庶民だろ？　ちょうどいいからお前は半年間、俺たちのオモチャになってもらうよ。紅一点のお姫様」

そう言ってプリ男は汚い手で、顎《あご》をつかんできた。

「叫ぶわよ？」

「どーぞ、しばらく体育館は使われねぇし、誰も来ねぇよ」

プリ男は余裕の表情で、手を広げる。

「私が戻らなかったら、他のクラスメイトたちが不審に思ってくれると思うけど？」

「来ねーよ、あいつらは俺たちにビビってるからな。俺たちは泣く子も黙る『昇龍《しょうりゅう》』だぜ？」

「……ラーメン屋の名前？」

「ちげーよ！　関西一帯を裏で取り仕切る伝説のチーム『昇龍』のメンバーだ！」

　プリ男はムキになって声を荒らげた。

「……信じられない」

「ようやく、自分の置かれている状況を理解したか？」

　ハッと鼻で笑うプリ男に、私は呆《あき》れて肩をすくめた。

「もう絶滅したとばかり思っていた暴走族が、まだ存在してるなんて。ダサッ」

「ああっ？　なんだと、てめぇコラッ！」

「なめてんじゃねぇぞ！」

　男たちは火に油を注いだように、目を剝《む》いて一斉に声を上げる。

「だって、信じられない。伝説？　ばっかじゃない？　いい年して仲間内のごっこ遊びで盛り上がって『伝説』だなんて口にして恥ずかしくないの？」

　私が鼻で嗤《わら》うと、男たちは心底ムカついたように、拳《こぶし》を握りしめた。

「お前、自分の立場が分かってねぇみてぇだな。助けてくれって泣き声を上げなくていいのかよ？　まぁ、泣いてもやめねぇけどな」

「あなたたち、これは犯罪だって分かってる？　警察に駆け込むことだってできるんだよ？」

　しっかりと目を見て尋ねた私に、

「一部始終ムービーに撮らせてもらうよ。お前が誰かにタレ込んだら、その映像を流すけど？」

彼らは勝ち誇った顔を見せた。その姿に、ふぅ、とため息が出る。

「チャンスをあげたのに」

「はっ？」

「……ったく、とことんゲスだね」

低い声でそう洩《も》らすと、彼らは「強がるなよ」と笑う。

私は、ゆっくりと顔を上げる。

男の数は、六人。

「……笑っちゃう。六人いれば、私を手籠《てご》めにできると思った？」

そう告げた瞬間、彼らは「えっ？」と目を見開いた。

一瞬の隙にスッと両腕を抜き、右足でプリ男の腹部を思い切り蹴《け》り上げた。

ぐぇッ、とプリ男は、カエルが踏みつぶされたような声を上げて、うずくまる。

「はっ？」

その脇で、思わぬことに驚いている男のみぞおちを力いっぱい、肘《ひじ》で打ちつける。

「カハッ」

みぞおちを押さえて、かがみ込んだ瞬間、すかさず頭上に踵《かかと》を落とした。

「ウゴッ」

「な、なんだこいつ？」

「か、構うな、やっちまえ」

予想外の展開に慌てふためきつつも、なりふり構わず向かってくる。

私はそんな男たちの手を払って、床に叩《たた》きつけていく。

更衣室に、ドカンッと鈍い音が響く。

――これらはすべて、父に叩き込まれた、護身術を超えてしまった技。

母を病で亡くしたあと、格闘家である父は私に『心身ともにとことん強くなれ』と自分の技のすべてを伝授してくれた。

おかげで地元でのあだ名は『二宮バンチョー』もしくは『デビル二宮』。

『女子』としての地元での評判は最悪だった。

今回、父はフランスの格闘家のサポートをするために渡仏することになった。

『ナズナ、ついてこないのか？』

残念そうに言う父に、絶対に行かないと宣言した。父と一緒では、フランスでも『デビル二宮』のままだ。いや、フランスなら『デモン二宮』だろうか。……どっちでもいいけれど。

私のことを誰も知らないところで、ただの女の子として人生をやり直したい。

そう思ってたのに！

私は怒りに震えながら、すでに顔が腫《は》れ上がっているプリ男の胸ぐらをつかんだ。

「っくしょう、てめえのせいで、バレたじゃねえかよ！」

涙目で叫んだ私に対し、

「ご……ごめんなさい、ごめんなさい、二宮さん。許してください」

プリ男は私よりも涙目になってガタガタ震えながら、懇願する。

気がつくと女子更衣室の床には、男子たちがトドのようにゴロゴロと転がって呻《うめ》いている。

ああ、しまった。またやってしまった。どうも私は『手加減』がわからない。

怯《おび》えながらこちらを見るプリ男の顔を引き寄せて、

「いい？　私が強いことは絶対に口外しちゃダメよ。もし漏れたときは、こんなもんじゃすまさないから」

鼻先がつくほどの近距離でそう告げた私に、プリ男を筆頭に床に転がっている男たちは勢いよくうなずいた。

「よし」

パッと手を離し、制服のスカートのほこりをパンパンッと払った。

「あと、私以外の女子にもこんな卑怯《ひきょう》な真似したら許さないからね！」

更衣室を出る直前に、足を止めて振り返った私に、

「はいぃ！」

彼らの悲鳴に近い声が上がった。

やれやれ、と息をついて誰もいない体育館を出る。

廊下に出たところで、樋口一夜が腕を組んで立っている姿が目に入った。

おっ、いけ好かない男前。こんなところで何やってるんだろう？

そう思いながらも、彼を無視して通り過ぎようとした瞬間、

「……更衣室で何かあったか？」

と低い声で尋ねられた。

ええ、いっぱい、ありましたよ。男たちに取り押さえられて襲われかけました。

ですが、幸いにも私は護身術を身に付けていたので、事なきを得ました。

そして、絶対に言うなと脅しをかけておきました。

……なんてことは言えるはずもない。

「別に何も？」

「それならいいけどな」

彼は少しホッとしたように息をつき、そのまま歩き去っていった。

そんな彼の背中を眺めながら、なんだろう？　と私は小首をかしげる。

もしかして……心配してくれたとか？

それは、つまり――

『お前がどうにかされるんじゃないかと思うと、俺もどうにかなりそうだったよ』

『いけ好かない奴だと思ってたけど、実は好意の裏返しだったんだね。仕方ないな、好みだから、あの態度は許してあげる』

『ああ、お前をどうにかしたいよ』

『きゃあん、でも、そういうのはまだちょっと』

一瞬の間にそんな妄想をして、なんてね、と苦笑していると、

「ナズナちゃん？」

柱の陰からひょっこりと、とても可愛らしい顔をしている茶髪の男子が姿を現わした。

「ああ、ええと、隣の席の……」

「僕の名前は、河合《かわい》千尋《ちひろ》だよ」

名前まで可愛い、と感心していると、千尋はおずおずと訊《たず》ねる。

「大丈夫だった？　さっき『昇龍』の奴らが大勢で女子更衣室に入っていくところを見かけて……僕心配で……でも怖くて……」

私は、大丈夫、と笑顔を見せる。

「サッと着替えて、更衣室を出てきたから変な奴らには会わなかったよ」

「良かった！　本当に心配してたんだ」

千尋は、パァッと顔を明るくさせた。

彼はその辺の女子よりも可愛いかもしれない。

「だけど、その『昇龍』って何者なの？」

教室まで戻る道すがらに訊ねると、千尋は小声で答える。

「……数年前に、この学園の生徒が作った族だって話だよ」

「この学園の生徒が？」

「ここって、富裕層の生徒が多いからイメージは良いんだけど、実は親の権力を笠《かさ》に着て、悪さしすぎて地元にはいられなくなった子たちも多いんだよね。そうした、質《たち》の悪い輩《やから》が作った族が『昇龍』で、今や結構大きくなって、大阪や奈良にも広がってるみたい。『昇龍』は、気に食わない奴がいたら、そいつの家や車まで集団でボコボコにしたりしてるらしくて、みんな怖くて逆らえないんだ」

「学校や警察は？」

「証拠がなくて動けないみたい。みんな困ってるんだよ。悪名だけは轟《とどろ》いていてね、みんな『昇龍』の名前を聞くと震え上がるくらいなんだ。うちのクラスでは髪がプリンっぽい鼻ピアスの男が『昇龍』のメンバーなんだけど……」

うん、それはすでに知ってたりする、と声に出さずに私はうなずく。

「といっても、彼は『昇龍』では下っ端らしいんだ。けど、それでもメンバーってことを虎の威を借るキツネ状態で好き放題やってるんだよね」

そんな感じはする、と私はまた無言でうなずき、「……許せないね」と小声でつぶやいた。

胸の奥で何かがうずく。だけど、もう『普通の女の子』になりたいんだ。

そんな厄介なことは、学校や警察に任せておけばいい。

そう思いながらも、気持ちは煮え切らず、私はギュッと拳《こぶし》を握りしめた。

7

「ただいまー」

更衣室での騒動のあと、私が教室の引き戸を開けると、クラスメイトたちは驚いた様子でこちらを見てきた。

おそらく、『昇龍』が更衣室に向かったことを知っているのだろう。

「ナズナちゃん、更衣室で何もなかった？」

「だ、大丈夫か？」

男子たちは、心配そうにこちらを窺《うかが》ってくる。

「えっ？　何が？」

私がしらばっくれて首を傾げると、皆は安心したように顔を見合わせていた。

その様子に、私も少しホッとする。

プリ男は別として、E組のクラスメイトは、皆いい人じゃないか。

「いや、マジでナズナちゃん、良かったよ」

次の瞬間、教室の後ろの引き戸がガラリと開き、プリ男一行が姿を現わした。

クラスメイトたちは、プリ男の登場に体をビクッとさせるも、彼らの腫れ上がった顔を見て、ギョッと目を剝《む》いた。

「あいつどうしたんだ？」

「ケンカに負けてきたのか？」

教室がざわめく中、プリ男の友人らしき男子が、ぽかんとして訊ねる。

「お前らボロボロじゃん。いったいどうしたんだよ」

その言葉を受けて、プリ男は一瞬チラリとこちらを見る。

おい、こっち見てくるんじゃねーよ、怪しまれるだろうがよ！

私が横目で睨《にら》んで牽制《けんせい》すると、プリ男たちは目に見えて分かるほどに震え上がった。

「か、階段から落ちたんだよ」

プリ男は早口で言って、自分の席に着く。

「…………」

階段から落ちただなんて、随分と下手くそな嘘を……。上級生にからまれて喧嘩《けんか》になったとか、仲間内で揉《も》めたとか、もっと上手《うま》い嘘があるだろうに。

「どういうことだよ、お前ら、全員で階段から落ちたのかよ？」

と、友人がより突っ込んだ質問をする。

変なことを言わなければいいけれど……。

私は素知らぬ顔をしつつも、ハラハラしながら様子を窺っていると、

「落ちたんだよ！」

プリ男は、机を叩《たた》きつけて声を荒らげた。

あまりの勢いに、友人も「そうか」と引き下がる。だが、この場にいる皆が、『どう見ても嘘をついてるな』と内心思っていることが、ヒシヒシと伝わってきた。

まったく、あんなにボコボコになってるんだから、おとなしく保健室にでも行ってたらいいのに。

私は小さく息をついて、次の授業の用意を始める。

すると隣の席の河合千尋が、そっと耳打ちしてきた。

「でも、ナズナちゃん。今回は無事で良かったけど、あいつらには気をつけてね？」

顔を向けると、千尋の大きな目が潤んでいる。

ふわりとした茶色の髪に、愛らしい容姿は、まるで天使のようだ。

思わずキュンとしてしまうのを感じながら、私は笑みを返した。

「ありがとう」

良かった。奴らをボコボコにしたのは、私だなんて微塵《みじん》も思ってないようだ。

そりゃそうだろう。なんたって、ここでの私は普通の女子なのだ。奴らが口を割らない限り、バレはしないだろう。彼らも自分から女子に倒されたなんて口外したくないだろうから、秘密は守られたも同然だ。

急に気が楽になって、ふんふんと浮かれながら教科書を開いていると、窓側から刺すような視線を感じて、私は眉根《まゆね》を寄せた。

……誰かに見られてる？

戸惑いつつ窓の方に顔を向けると、樋口一夜と目が合った。彼は怪訝《けげん》そうにこちらを見ている。

思わぬ冷たい視線に、背中がヒヤリとした。

なんだろう、あの疑うような目。もしかして、気付かれたのだろうか？

とっさに顔を前に戻して、何事もなかったかのように教科書に目を落とす。

焦りから額に冷たい汗が滲《にじ》む。

ああ、どうかどうか……バレませんように。私はもう、『化け物女子』扱いだけはされたくないんです。『デビル』なんてあだ名は、もうゴメンなんです。

今も感じる樋口一夜の刺すような視線に、私は祈るような気持ちで、ギュッと両手を組み合わせた。

8

そして、夕方。

校内には、ゆるやかなクラシック音楽が流れ、下校を促していた。

「……はぁ」

私はぐったりと疲れを感じながら、昇降口に向かって歩いていた。

窓の外に目を向けると、迎えの車やスクールバスに乗り込む生徒たちの姿が見える。

転校初日を滞りなく終えることができたけど、やはり疲れた。

プリ男はその後も下手な嘘を繰り返していたし、樋口一夜はそのたびに私を睨んできていた。

疑われているのは、間違いないだろう。

はぁ、と肩を落としていると、

「二宮ナズナさん」

背後から男子に声を掛けられた。

「はい？」

戸惑いながら振り返ると、涼やかな顔立ちの男が笑みを浮かべている。

彼は、廊下で会った男子だ。

「A組のなんとかさん」

「保坂とすでに名乗りましたが」

「ああ、ホサカさん」

顔をしかめる彼に、そうだった、と私は相槌《あいづち》をうつ。

クラスメイトの名前も把握していないのに、廊下で少し話しただけの男子の名前など覚えていないし、そもそも覚える気もなかった。

「あの、私に何か？」

私が小首を傾げると、彼は頬を少し赤らめ、口に手を当てる。

「可憐《かれん》だ……」

「へっ？」

「いや、なんでもない。君は半年後、E組を出るつもりだと言っていたね？」

はい、と私はうなずく。

「どうせなら、A組を目指すといい。そのための勉強をしたいというなら、力になろうと思ってね」

彼はぎこちなくそう言う。

いきなり、なんだろう、この人……。

戸惑いながら、私は首を振る。

「あの時は、とっさにA組に行くなんて言っちゃったけど、私は自分の実力に沿ったC組に移れたらそれでいいかなと思ってまして……」

「成績はいいに越したことはない。僕がつきっきりで君に勉強を教えたならば、君をA組に押し上げることだってできると確信している。どうだい？」

前のめりになる彼に、私は微《かす》かにのけ反った。

「あの、どうしてそんな？」

廊下で会った時は、私を馬鹿にしていたのだ。だが、今はそんな感じはしない。

一体、何を考えているのだろう？

私がジッと見詰め返すと、彼は急に真っ赤になって、目をそらす。

「それは……その、A組には、君のように元気でハツラツとした女子がいないんだ。君のような子に来てもらって、クラスに活気を与えてもらいたいんだよ」

はあ、と私は洩《も》らす。

成績優秀なクラスの女子は、おしとやかで上品なお嬢様ばかりのようだ。

そう聞かされては、ますますA組は無理だと思わされる。

「それに君の真っ直ぐな笑顔は、鈴蘭《すずらん》のように可憐だ……」

「え……可憐？」

最後に彼が洩らした『可憐』の一言に、脳内に桜——いや、鈴蘭の花が舞った。

「や、やだ、可憐だなんて。そんなっ。ありえないっしょ」

嬉《うれ》しくて、声が裏返る。

生涯で一度も言われたことがない。

この私が、可憐だなんて。

『うわっ、デビル二宮だ、こっえー。あいつの暴れる姿ってオヤジそっくりだよな』

『悪魔だぜ、マジで。あの力は悪魔を召喚させてるんだよ』

一瞬、地元の男子の声がよぎり、グッと拳《こぶし》を握りしめた。

あいつらに聞かせてやりたい、見せてやりたい。ここでは、この私が、普通の女子なのだ。可愛くて可憐な女の子なのだ。

脳内で、フリフリのドレスが宙を舞う。咲き誇る花の中を、このホサカくんと、キャッキャウフフと駆け抜ける。

もし、私がA組に移ったとしたら、デビルと呼ばれていた女子が、瞬く間に憧《あこが》れの存在、もしかしたら『高嶺《たかね》の花』にもなれるのかもしれない。

何はともあれ、秀才に勉強を教えてもらえるなんて、御の字だ。

私が、笑顔でうなずこうとした時、

「堅物《かたぶつ》保坂が、いきなり鼻の下伸ばしてんなよ」

嘲笑《ちょうしょう》する声が廊下に響いた。

振り返ると、樋口一夜が半笑いを浮かべている。

「たしか君は……樋口といったか。君には関係ないことだ」

保坂は、不愉快そうに目を細める。

「それが、カンケーあるんだよ」

そう言うと、樋口一夜は表情を変えずにゆっくりと歩み寄り、私の肩に手を回した。

「えっ？」

私は何が起こったか分からずに、目をパチリと開く。

樋口一夜の身体から、ほのかに甘い香りが漂ってくる。

組み手以外で、こんなに男子に接近されたのは初めてだ。

これで殺気が含まれていたら、反射的に突き飛ばしてしまっただろうが、そういう気配はない。

「なっ、ナズナ」

そう言って樋口一夜は、私の体を引き寄せた。

その瞬間、電流が頭のてっぺんから足先まで流れる気がした。

うわあああ、男子に抱き寄せられてる！

いけ好かないイケメンに！　だけど、顔は好みのイケメンに！

いや、今はもう、好みのイケメンに抱き寄せられてる！

どうしよう、これはもう、来てしまったのかもしれない。

人間誰しもに一度はやってくると言われている『モテ期』が！

二宮ナズナ、モテ入りしました！

混乱のあまり、梅雨入りならぬ、モテ入り宣言を脳内でしていると、保坂は、ふん、と鼻を鳴らした。

「……それは失礼した」

保坂はそのまま踵《きびす》を返して、立ち去って行く。

彼の姿が見えなくなったことを確認し、樋口一夜はゆっくりと体を離して私を見た。

その熱い瞳《ひとみ》に、どきんと心臓が跳ねる。

一体どういうことなのか分からないけれど、とりあえず、樋口一夜が私から保坂を引き離したかったのは明確だ。それはつまり、ヤキモチ？　あの鼻持ちならない態度は、やっぱり愛情の裏返しだったとか？

半分パニックになりながらそんなことを思っていると、樋口一夜は、バンッと私の背後の壁に手を突いた。

「これが、かつて一世《いっせい》を風靡《ふうび》した……」

噂の『壁ドン』だ。

懐かしいけれど、漫画では未《いま》だに目にすることはある。

それにしても、この私が男子に壁ドンされる日が来るなんて……。

しかも、他の男と親しげにしてからの、嫉妬《しっと》の壁ドン。漫画のテッパンではないか。

戸惑いながら顔を上げると、樋口一夜は、予想外にも冷たい視線を向けていて、私の体はビクッとした。

この目は『嫉妬』ではない。どちらかというと、敵意？　いや、それも少し違う。

もし、敵意なら、自然と体が動いたはず。

――そう、これは、『警戒』の目だ。

「二宮ナズナ……あんたいったい何者だよ？」

樋口一夜は、静かに訊《たず》ねる。

警戒心をあらわにしながら見下ろす瞳に、冷たい汗が滲《にじ》んだ。

やはり、バレた？　いや、そうとは決まっていない。

「……何者って？」

素知らぬ顔で訊《き》き返すと、彼は「とぼけるなよ」と舌打ちした。

「今日、あいつらがボコボコにされたのは、お前の仕業だろ？」

「っ」

目の前が、真っ暗になる気がした。

気のせいではなくて、完璧《かんぺき》にバレていた。もう、言い逃れはできない。絶望的だ。

「……更衣室の窓の鍵《かぎ》が開いてた」

「はい？」

思いもしない言葉に、私の口から素っ頓狂《とんきょう》な声が出た。

更衣室の窓の鍵が開いてたって、なんの話？　開いてたから、なんだっていうの？

ポカンとする私に、樋口一夜は顔を近付ける。

「お前が仲間を更衣室に入れて、あいつらにヤキ入れさせたんだろ？　そのあとお前は涼しい顔して更衣室を出てきた。それから今度はあのＡ組のカタブツ・保坂を手玉に取ってたよな？　男なんて知らねぇって顔して、結構な小悪魔だよな」

「へっ？」

想像を遥《はる》かに超えた言葉に、思考が一時停止する。

つまりこの男は、私自身が奴らをやっつけたと思っているわけではなく、私が誰かを使って、あいつらをやっつけたと思っている。さらに、Ａ組男子の保坂をも操ろうとしていた――と、そう言っているわけなんだよね？

結論、私は小悪魔だと。

悪魔と呼ばれ続けていた私。不思議なものだ。悪魔に『小』がつくだけで、なんて魅力的、かつ魅惑的に響くのだろう。小悪魔・ナズナ。

頬がカァッと熱くなり、

「や、やだぁ、小悪魔だなんて！　やめてってば、照れるしょや、そんなイイモノじゃないし！」

照れを隠しきれず、バシッと樋口一夜の肩を叩《たた》いた。

「はっ？」

樋口一夜は不愉快そうに眉《まゆ》を寄せつつ、痛かったのか叩かれた肩をさする。

「いいから、聞かれた質問に答えろよ！　お前は誰の差し金で、この学園に来た？」

「……誰の差し金って？」

今度は何を言い出した。

何のこと？　と訊ねようと前に出ると、廊下の向こうから、きゃいきゃいと女生徒の声が聞こえてきた。

彼は邪魔が入ったとばかりに、チッと舌打ちして私から離れて、歩き出す。

「ちょっと、一体何の話？」

樋口一夜の背中に向かって訊ねると、彼は不機嫌そうに振り返った。

夕陽に照らされたココア色の髪がサラリと揺れる。

細身のシルエットに整った顔は、悔しいけれど、やはりカッコイイ。

「だからとぼけんなよ。自分の小さい胸に手ぇ当てて聞いてみろ」

樋口一夜は、そう吐き捨てて、また背を向ける。

自分の胸に手を……？

思わず両手を胸に当ててみても、分かるはずもない。

顔を上げると、彼の姿はなくなっていた。

「ってか、小さいだなんて失礼な！　実は私、Cカップなんだからね！」

誰もいないのをいいことに、思わず声を上げると、

「二宮、そんなカミングアウトはいいから早く帰りなさい」

背後から真鍋先生の声がして、私はギョッとして振り返った。

「し、失礼しました、さようなら！」

駆けだす私に、「こら、廊下を走らない！」と背中に響く真鍋先生の声。

とてつもない恥ずかしさと怪訝《けげん》な気持ちを抱えて、逃げるように校舎を後にした。

それは、とても波瀾《はらん》万丈かつ、甘ずっぱい転校初日だった。

第二章　二宮ナズナ、ウラの顔!?

1

転校初日に、誰もいないと思っていた校舎の廊下で、

「実は私、Cカップなんだからね！」

などと叫んでしまったワタクシ・二宮ナズナは、翌日には『E組のCカップ転校生』とか『ナズナCカップ』と呼ばれるようになってしまいましたとさ。

「……って、そんなのんきな話ではないんだけど。まったく、樋口一夜という男は、私にとって鬼門、疫病神だわ！」

昼休み。

私はイライラしながら、小声でつぶやいて食べ終えたお弁当箱を片付ける。

「『ナズナCカップ』ちゃん、ぶつぶつとどうしたの?」

誰かが上げた声に、クラスメイトたちがギャハハと笑った。

「ってか、ナズナちゃん、マジでCカップかよ。ちっとも見えねぇ」

「ナズナちゃん、もしかして見えっぱり? 本当にCカップ?」

CカップCカップ、とサルのように騒ぎ立てるクラスメイトたちに、さらにイライラが募る。

ここが前の学校だったなら、バンッと机を叩いて、

『うるせーよ! 黙れお前らぁ、ごるあぁぁぁぁ!』

——と一喝して黙らすところなんだけど、今の私は普通の女子。紅一点の転校生。

ここはグッとこらえなければならない。

「ねっ、着やせするってこともあるし、チェックしてあげよーか?」

クラスメイトの一人が身を乗り出し、ふざけて胸に手を伸ばしてきた。

「……このっ」

私の堪忍袋の緒が切れかけたその時、

「バカ! Cカップも色々なんだよ。たいしてデカくないCカップもあるんだぜ?」

急にプリ男が、声を裏返しながら立ち上がった。

クラスの中でも暴れ者で手のつけられない『昇龍』のメンバーであるプリ男の思わ

ぬ発言に、皆は「えっ？」と動きを止める。

私自身も驚いて、プリ男を見た。

驚いた、プリ男は、私がキレかけているのを肌で感じて、それを阻止してくれたようだ。いや、もしかしたら、あの更衣室の一件で、更生したのかもしれない。

もし私の拳《こぶし》が誰かの道を正したとしたなら、そんな幸せなことはない。

明るい気持ちになっていると、背後に鋭い視線を感じた。

そっと確認すると、樋口一夜がまた鋭い眼差《まなざ》しを向けている。

もう、また見てるよ。そういえば、あの男は、私が『小悪魔』で、男をたぶらかし操っていると思い込んでいるんだ。

この前、プリ男一行がボコボコになったのも、私には親衛隊のような男たちがいて更衣室の窓から彼らを招き入れて、やっつけさせたと思い込んでいる。

となると、今もウインクひとつで、プリ男を操ったとでも思ったのだろうか？

かいかぶりすぎだ。一体、どんな魔性の女だよ、私は……。

もう一度、樋口一夜をちらりと見た。

今は、彼はプリ男を凝視している。

どうして、プリ男が私をかばったのか不審に思ってるわけだ。

それはそうだろう。当人である私ですら、不審に思っている。

しかし、どうしよう、と私は腕を組む。

あいつがプリ男を呼び出して、更衣室での出来事を問いつめたりしたら……。

プリ男は、私に怯《おび》え切っているから、秘密を言ったりしないと思うけど、いかんせん嘘が下手だ。樋口一夜の誘導尋問に引っかからないとも限らない。

つまりは、バレるのも時間の問題というわけだ。

それは困る！

私は勢いよく立ち上がり、そのままプリ男の許《もと》に向かった。

なるべく女の子らしく、優雅に歩く。

優しい微笑みを浮かべているというのに、プリ男は近づく私に恐怖で顔を引きつらせるばかり。細い目がどんどん見開かれていく。

なんだ、その顔は！　と胸倉をつかみたくなるのを抑えて、私はそっと口を開いた。

「あの、プリ男くん？」

なるべく可愛らしい声で話しかけると、プリ男は目を泳がせた。

「はっ？　プ、プリ男？」

「あっ、ごめん。髪がプリンみたいだから『プリ男』って心の中で呼んでたの、ダメだよね」

「いや、プリ男でいいっす、俺はプリ男っす！　なあみんな、俺はプリ男だよな！」

プリ男が振り返ると、更衣室で共に私に倒された男たちが、応援団のように強くうなずいて声を上げる。

「はいぃ！　陣内《じんない》さんはプリ男っす！」

どうやら、プリ男は『陣内』というらしい。でも、『プリ男』でいいと言っているし、陣内プリ男だ。

「それはさておきプリ男くん。さっきはかばってくれてありがとう。お礼をしたいからちょっといいかな」

私がそう言うと、クラスメイトたちは色めきたった。

「うおお、どんなお礼だよ、告白か？」

だが当のプリ男は、死刑宣告を受けたように顔色を失くしていた。

2

告白、告白、とクラスメイトがギャアギャアとうるさく騒ぎ立てる教室を出て、私はプリ男を連れて、そのまま非常階段へと向かった。

「ここなら誰もいないよね」

ひと気のない非常階段に入るなり、プリ男は勢いよく土下座した。

「余計なこと言って、すみませんでしたぁ！」

こんな綺麗《きれい》な土下座、ドラマ以外ではじめて見た。

これが恐怖政治というものなのだろうか？

盛大に顔が引きつるのを感じながらも、私は笑みを作る。

「やだなぁ、プリ男。別に乱暴しようと思ったわけじゃないから顔を上げて、そして起き上がって」

できるだけ優しい声で言う私に、プリ男は「へっ？」と目を見開き、恐る恐る体を起こした。

「あのね、実はお願いがあるの」

とっておきの上目遣いをしながら手を合わせるも、プリ男はさらに警戒心を募らせた様子で眉《まゆ》を寄せた。

「……お願い？」

「樋口一夜って、いけ好かない男、いるよね？」

「ああ、確かにいけ好かない」

「そう、あいつがね、プリ男たちをやっつけたのは、私が誰か仲間を窓から入れて、やらせたと思い込んでいるのよ。私が誰かを操ってるって」

そう言うと、プリ男は『それが何か？』という顔をする。

「でね、その誤解は私にとって好都合だから、あいつから何かを聞かれたら口裏を合わせてほしいの。お願い」

「口裏って？」

プリ男は、真顔で首を傾げる。

「だから、話を合わせてほしいって言ってるのね」

苛立《いらだ》ちから思わず私も真顔になると、プリ男はびくんっと体を震わせた。

「はい！　話、合わせます！」

「本当にちゃんと話を合わせられる？」

「合わせられます、バッチリ合わせられます！」

「良かった、頼んだわよ。あいつに何か聞かれたら、『窓から男たちを呼び入れられて、そいつらにやられた』って言ってね。お願いね」

「窓から男たちっすね。分かりました。何人ですか？」

「そうだね、五人くらいって言っておいて」

「五人っすね」

「よし、これで大丈夫。私の話はこれだけなの、ありがとう」

そのまま非常階段から出ようとすると、プリ男は解せないといった様子で首を捻《ひね》った。

「あの……どうして強いことを隠すんすか？」

私は扉に掛けた手を止める。

どうして、か……。

切なさで、顔が歪《ゆが》みそうだ。

「……女の子が強くたって、なんもいいことないもん。みんなプリ男みたいに怖がるしさ」

小さい頃は、強い自分が誇らしかった。父に褒められるのが、とても嬉《うれ》しかった。からかってきた男子をとっちめられる強い自分が好きだった。だけど成長して、恋をしたいと思ったとき、周りにいたのは私を見ただけで逃げ出す男ばかり。

『なぁ、もし、デビル二宮に告られたらどうする？』

『うわー、それマジで怖いっしょ。断ったら殺されるし』

気がつくと誰一人として、私を恋愛対象になんて考えてくれなくなった。

苦しさに目を細めていると、プリ男は心底納得した様子で手をうった。

「なるほど！　確かに今やどんなに可愛くても悪魔にしか見えない！」

プチンと頭の血管が切れる音がし、

「ああっ!?」

私は意図せず、ドスの利いた声を上げてしまっていた。

3

「まったく、あいつは本当にムカつく」

プリ男との話を終えて、ぶつぶつと不満の声を洩《も》らしながら非常階段を出ると、A組の保坂の姿が目に入った。

彼は何かを探しているのかキョロキョロと辺りを見回している。

「あっ、保坂さん。何か探してます?」

「いや、今この辺で尋常ならない怒声が聞こえた気がしてね」

ぐるりと見回して、保坂は目を凝らす。

「……気のせいだと思います」

私は目をそらしながら、サラリと答える。

そうか、と保坂は気を取り直したように、私の方を向いた。

「そういえば、昨日は失礼したね。まさか君も樋口の女の一人だったとは思わなかったから」

嫌味も含んだ口調で苦笑を浮かべる保坂を前に、私も苦笑する。

『女の一人』って、なんだそれ。あいつ、そんなに女たらしなわけ？

樋口一夜が豪華なソファーに座って、両脇や背後、ひざ元に女たちをはべらせている光景が頭に浮かぶ。

あんな無愛想なくせに、口説くときは饒舌《じょうぜつ》になるとか？

うえぇと、私は顔をしかめる。

ここは、しっかり誤解を解いておかないと、と私は顔を上げた。

「あの、違うんです」

「何が違う？」

「私はあいつの女の一人でもなんでもないです。あれはあいつが勝手に言ってきて、ビックリしたくらいで……あいつの女だなんて、そんな誤解されたくないです」

私の説明に、保坂は大きく目を見開いた。

あんないけ好かない男の、しかも『女の一人』だなんて絶対にごめん。

強い口調でしっかりと伝えて、保坂を見詰めると、彼の頬がみるみる紅潮していく。

「……やはり可憐《かれん》だ」と保坂はつぶやいて、口を押さえた。

「それでは、僕は君を図書室に誘ってもいいのかな？」

「勉強を教えてくれるんですか？」

「い、いや、勉強が嫌なら……」

慌てて首を振る保坂に、私は前のめりになった。

「いえ！　勉強、教えてもらえたら嬉しいです！」

えっ？　と、保坂が目を瞬かせる。

私は、なんとしても成績を上げなきゃいけない状況に陥ってしまっていたのだ。

*

――それは昨日、帰宅してからのこと。

夕食後、祖母とクッキーを食べながらまったりとしていると、リビングに置かれた電話機が鳴った。

「はいはい」

祖母は子機に手を伸ばし、

「あら、まぁ、驚いた。ちょっと待ってね。……ナズナちゃん、お父さんから電話よ」

そう言って、私に子機を差し出した。

「お父さんから？　国際電話なんてかけずに無料通話のアプリを通せばいいのに……」

まったく時代錯誤なんだから、と私は子機を手にする。

そんな風に言いながらも、こうして連絡をくれたのは嬉しかった。

一緒に暮らしている時は、すぐに怒鳴り声を上げるうるさくて鬱陶《うっとう》しい父親としか思えなかったけど、離れてみれば恋しくなるものだ。ほんの少しだけど。

きっと、父は可愛い一人娘が心配で仕方ないんだろう。

明るい声で安心させてあげよう。

「お父さん？」

受話器を耳に当てて、快活な声を出した瞬間、

『ナズナ！　さっき、編入先の学校に挨拶《あいさつ》の電話をして驚いたぞ。お前は成績が一番下のＥ組になったそうだな！』

耳をつんざくような父の怒鳴り声が響いた。

「…………」

やはり、うるさい父親であることには変わりなかった。

油断していたせいで、耳がキンキン痛い。

しっかり説明をしておかないと、さらにうるさいことになる。

「あのね、それは私の単純なミスで……」

弁解を急ぐと『カーッ！』と父の喝が響いた。

鬱陶しい、と私は額に手を当てる。

『言い訳は無用だ！　お前は勉強を理由に国内に留《とど》まったんだ、半年後にＡ組になっ

ていなければ、お前は勉強を捨てて、俺の許《もと》に来て格闘を極めろ！』

「な、何それ、横暴すぎ！　A組なんて無理だよ、せめてC組に！」

『何をするにも極めなければ駄目だ。A組が無理ならフランスだ、わかったな！』

畳みかけるような父の言葉を聞いているうちに、私は「ん？」と眉《まゆ》を寄せた。

父は確かにうるさい。けれど、こんな風に聞く耳をいっさい持たないようなタイプではない。

「お父さん……もしかして、フランスで何かあったの？」

私が訊《き》くと、父は少しの間を空けたあと、大きく息をついた。

『面倒を見ることになった選手な……』

「うん」

『体格には恵まれているんだが、格闘に一番必要なセンスに欠けていてな』

「はあ」

『教えていてつまらんのだ！』

「そんなこと言われても、私には関係ないし」

『いや、それがあるんだ』

「はい？」

『気づいたんだよ。やっぱりナズナ、俺にはお前しかいない。お前の格闘のセンスは

最高なんだ！　女子総合格闘技ライト級の王者になるのはお前だ！　勉強なんて捨て
て、今すぐ俺のところに……ッ！』

「これから勉強するし、お金もかかるから、またね」

電話口では父がまだ話したそうな様子だったけれど、私は容赦なく通話を切った。

父は、将来有望な選手の世話ができると、意気揚々としていた。

だけどその選手が、期待したほどではなく、ガッカリしてしまったというわけだ。

だからって、私に矛先を向けないでほしい。

はぁ、と息をつく私に、祖母がクスクスと笑った。

「聞こえたわよ、ナズナちゃん。あの子はああ見えて頑固だから、本当に勉強がんばらないと学費払ってもらえなくなるわよ」

「……したら、冴子さんに出世払いで学費お願いできますか？」

「ナズナちゃん、封印するって言ってた北海道弁が出てるわよ？」

「あっ」

すぐに口に手を当てる私に、祖母は「私は可愛くて好きだけど」と楽しげに笑みを浮かべながら、カップに紅茶を注ぐ。

「話を戻すけど、学費の件はお断りするわ」

「え、ええ？」

「私だってあなたの格闘のセンスを買っているんですもの。絶対マスコミを賑《にぎ》わすような素晴らしいスター選手になれると思ってるし」

「そんなぁ」

「最初から私の援助を期待せずに、勉強がんばることね……あらっ？」

紅茶を口に運んでいた祖母は、突然何かの気配を察したかのように、サッとカップを置き、テーブルの上のフォークを壁に向かって勢いよく投げつけた。

フォークは、壁を這《は》っていた黒光りした虫にグサッと突き刺さる。

「お、お見事です」

ヒヤリと背筋が冷たくなるのを感じながら、私は手を叩《たた》く。

「ありがとう。でも、最近腕が鈍《なま》って駄目ね。中心を狙えなかったわ。このフォークは、もう使えないわね」

祖母は残念そうに息をついていた。

「腕が鈍るって、冴子さんがやっていたのは柔道ですよね？」

師範代という話だった。

「柔道は、お祖父《じい》ちゃんと出会ってから始めたのよ。その前には、合気道や薙刀《なぎなた》、弓道もやっていたしね」

話を聞くと、柔道の師範だった亡き祖父は、関東で道場を開いていた。若き日の祖母は、柔道にも興味を持ち、祖父の道場を見学に行ったそうだ。

そこで祖父に一目《ひとめ》惚《ぼ》れをされて、猛烈なアタックを受け、結婚に至ったという。

ついでに言うと、私の父はそんな両親の教えを受けながら育ち、思春期に『燃えよドラゴン』という映画を観てブルース・リーに憧《あこが》れたことから、少林寺拳法《けんぽう》も始めたらしい。

そんなわけで、二宮家は生粋の格闘一家。

親子揃《そろ》って格闘が大好き。格闘に魅了されていて、私にも期待をかけてくれている。

つまり、『普通の女の子として高校生活を送りたい』と考える私の味方はここにはいないということだ。

*

昨日の出来事を振り返り、私は苦笑する。

そうした事情で、私は半年後の試験で『Ａ組』に昇格しなければならない。

Ａ組の優等生が勉強を教えてくれるのは、願ったり叶《かな》ったりだ。

今朝まで重い気持ちでいたけれど、保坂の申し出に心が軽くなった。

「がんばって、Ａ組に行きたいので、よろしくお願いします」

深く頭を下げると、保坂はなぜかクラクラした様子で身体をのけ反らせた。

「ちょっ、大丈夫？」

「あ、ああ、大丈夫だ」

保坂はすぐに姿勢を正した。

「君の意気込みは伝わった。それでは、放課後一緒にカフェに行こう」

「カフェ？　学校の図書室ではなくて？」

「学校の裏手に新しくできたライブラリーカフェがあるんだ。図書室では私語は厳禁だし、そのカフェならば、会話をしながら快適な環境で勉強できると思う」

……それにデートみたいだ。

彼が最後にボソッと囁《ささや》いた言葉は聞き取れなかったけれど、ライブラリーカフェと聞いて胸が躍らないはずはない。

「そんな素敵なカフェがあるなんて知らなかった！　嬉《うれ》しいです、よろしくお願いします」

「それでは放課後、校門の前で。もうすぐ休み時間も終わりだ。君も教室に戻るように」

保坂は真っ赤な顔のままサッと手を上げて、ぎこちない動きで背を向けた。

ロボットのように歩き去る彼のスラリとした背中を見送って、私も教室に向かう。

絶対にA組に昇格して、父を黙らせてやる！

私は、決意の拳《こぶし》を握りしめていた。

4

その後、E組の教室に戻った私は授業を受けながら、クラスの様子を観察するように見回した。

それにしても。こう言っちゃなんだけど、さすがは成績最下位の『E組』だ。

ハッキリ言ってこの教室は、勉強する環境じゃない。いつも飛び交う『ギャハハハ』という下品な笑い声。

教師が黒板を向いているときには、エロ本が宙を飛び交う。

「ナズナちゃんも、これくらい大きかったらいいのにね」

「この子もCカップだってよ？　ナズナちゃんとは違わね？」

エロ本を開いて見せてくるバカ男子がいると思えば、

「てめーら、うるせぇぞ、眠れねぇだろうが！」

と一喝する輩《やから》も。

黙らせてくれるのはいい。でも、明らかに怒る内容が違うだろと突っ込みたくなる。

こんな環境で、A組になんて行けるわけがない。

保坂の申し出はまさに渡りに船だ。


――そうして放課後。

これから、カフェで勉強会だ。そのことがあるおかげか、私も気持ちに余裕ができていた。授業中に男どもがバカ騒ぎしていても、イライラせずにすんで良かった。

「それじゃあ、また明日《あした》ね」

バイバイと手を振って、当たり前のように教室を出ようとすると、

「あー、ナズナちゃん、いけないんだ、今日掃除当番なのに」

「サボんなよー」

そう言われて、動きを止めた。

「掃除当番？」

黒板の隅の当番表に目を向けて、『しまった』と額に手を当てる。

そうだ、今日は掃除当番だった。もう、保坂と約束してるのに！

「わ、わかった、さっさとやるよ！」

すぐに腕まくりをすると、

「ナズナちゃん、すげー気合」

「それよりホウキでホッケーしようよ」

　とサルのように騒ぐ男ども。

『ちゃんとやらんかい、ごるあああ！』と怒鳴りたい気持ちを必死で抑えながら、せっせと掃除にいそしんだ。


「しまった、遅くなったかも」

なんとか掃除を終わらせて、私は待ち合わせ場所である校門前に急ぐ。

あいつら、ふざけてばっかで全然進まなくて！

焦りながら校門前に目を向けると、やはりすでに保坂の姿があった。

下校する女生徒がチラチラと保坂を見ては、

「A組の保坂様。素敵ね。学年で一番の成績なのよね」

「お父様が華道の家元だけあって、立ち居振る舞いがとても綺麗《きれい》」

ひそひそと噂をしていた。

保坂は、こんなに人気があるんだ！

私は驚きながら、校門前に駆け寄り、とりあえず頭を下げた。

「ごめんなさい、遅くなって。掃除当番で」

保坂は「いや」と手を上げる。

「いいんだ。ところで今、君がものすごい勢いで走ってくる姿を見ていたんだが……驚いたな、君は少しも息が上がっていない」

不思議そうに見下ろす保坂に、私の頬が引きつる。

妙に鋭い。私は日ごろ鍛錬してるから、ちょっと走ったくらいじゃ息は上がらないのだ……。

「北海道にいたとき、ジョギングとかよくしてて」

「それは走るのに良さそうな環境だね」

「うん」

まさか、ジョギングの際、腰にタイヤつきロープを結ばれて引きずって走ったりと、少年マンガもビックリな鍛え方を父にされてきたなんて言えやしない。

「掃除当番だったって？」

「そうなの。当番だったうえに、ゴミ投げるとこが分からなくて、軽く迷子になっちゃって」

「ゴミを……投げる？」

保坂は不思議そうに私を見た。

「私がジャンケンで負けて、ゴミ投げ係になっちゃって」

補足すると、保坂は眉間《みけん》に皺《しわ》を寄せた。

「ゴミを、投げたら駄目じゃないか。ちゃんと捨てなければ」

「へっ？」

そうか、ゴミを捨てることを『投げる』って言っちゃうのは、北海道弁だったんだ。

思えば、『ゴミを投げる』って確かにおかしい。けれど、北海道では、雪かきの末にできたこんもりした雪山の向こうにゴミ集積所があって、そこを目がけて、えいや、と勢いよくゴミ袋を投げたりすることもあるからで……というか、こんなごく普通の言葉が、北海道弁だなんて思わなかったよ。まぁ、とどのつまりは……。

「……うん、ゴミ、投げちゃダメ、ゼッタイ」

私は目をそらしながらうなずいた。

「それじゃあ、カフェに向かおうか」

歩き出した保坂に「はい！」と返事をし、気を取り直して歩き出すと、周囲の女生徒たちが仰天した様子を見せていた。

「信じられない、お堅い遼太郎《りょうたろう》様が女と！」

「しかもあれ、例のＥ組のバカ女転入生でしょう？」

「いやー、遼太郎様！」

飛び交う露骨な言葉に、私はポカンとし、保坂は弱ったように前髪の七三を整えた。

「……あんな言葉は気にすることはない。確かに君は今、Ｅ組女子ということで何も知らない者には、強烈な悪印象を与えているかもしれない。だが君はマークシートをミスしただけのこと。いや、たとえ実際の実力がEだったとしても、君にはその……そんな障壁さえも打ち砕く愛らしさと可憐《かれん》さが備わっていて……」

　小声でブツブツと言う保坂に、

「それよりさ」

　私は満面の笑みで、顔を上げた。

「遼太郎、って名前なんだ？」

「えっ？　……ああ、僕は保坂遼太郎だけど？」

「すっごくいい名前だね！　和風な男の名前って結構好きなの。ねっ、遼太郎って呼んでもいい？」

「えっ？」

　実は、うちで飼ってた柴犬《しばいぬ》の名前が『遼太郎』だったのだ。父がフランスに連れていっちゃった、可愛い私の遼太郎。思えば、保坂は犬の遼太郎っぽい。

　犬の名前と一緒で嬉《うれ》しい、とは言えないけれど。

　ジッと見つめていると、みるみる保坂の頬が紅潮し、耳まで真っ赤になった。

「き、君の好きに呼ぶといい」

　顔を背けた状態で言う保坂改め、遼太郎。

「うん、これからよろしく、遼太郎！」

私はそう言ってバンッと背中を叩《たた》いた。

保坂の名前が『遼太郎』だと分かった途端、ものすごい親近感だ。彼が犬の遼太郎にすら見えてきた。

嬉しさに少し興奮すらしていると、遼太郎は真っ赤になってうつむく。

「に、二宮くん。人目もわずらわしいし、裏道を行こうか」

遼太郎はそう言って、人通りの少ない細い道へと歩き出した。

「ね、遼太郎、私のことは『ナズナ』って呼んでいいよ。私と遼太郎の仲じゃない」

「そ、そんなことを安易に口にしては……」

「あっ、そうか。ついつい親近感で。ごめんね」

私にとって遼太郎と遼太郎が重なっても、遼太郎にとっては遼太郎を知らないわけだし。あれ、わけが分からなくなってきた、と眉《まゆ》を寄せていると、

「い、嫌なわけじゃない！」

遼太郎はムキになった様子で声を上げた。

「そう？　それなら良かった。そういえば、遼太郎の家は華道の家元なの？」

「ああ、東京でね。僕は跡継ぎなんだ。だから父に、京都の空気に触れると良《い》いと、この学園を勧められて」

「そっか、遼太郎も京都府外の人なんだね」

「この学園は、寮が完備されているから、府外の生徒の方が多いんだ」

へぇ、と私は相槌《あいづち》をうつ。

そんな話をしながら、小さな公園の横を通り過ぎたとき、

「ニノミヤナズナちゃーん」

茶化すような男の声が耳に届いた。

「えっ、私？」

なんだろう？　と私が顔を向けると、いかにもタチの悪いヤンキー風情の男が八人、武器を手に公園の中からニヤニヤ笑いながらこちらを見ていた。

遼太郎は眉をひそめて、足を止める。

「お前らは……『昇龍』のメンバーだな」

顔に傷のあるスキンヘッドの男がケラケラと笑う。

「華道坊ちゃんに用はねーんだよ。用があるのはそこのお嬢さんだ。おい、陣内、この子で間違いないんだろ？」

振り返ったスキンヘッドの視線の先には、いたたまれない様子で目をそらしているプリ男の姿があり、私は目を丸くした。

「プリ男？」

プリ男は、びくんと大きく震えた。

「す、すみません、先輩の特攻隊長に問いつめられて」

涙目を見せるプリ男に、まったく、と私は息をつき、腕を組んだ。

「……それで何？　可愛い後輩のお礼参りってわけ？」

そんな私たちに、遼太郎が、混乱したように顔をしかめる。

「ナズナ……くん、いったい君は何を？」

「遼太郎、ちょっと黙ってて」

「えっ……あ、はい」

すぐに口を閉ざす遼太郎。

スキンヘッドが、愉快そうにクックと肩を震わせる。

「ま、そういうわけだな。俺ら『昇龍』のメンバー、しかも特攻隊の隊員が女に馬鹿にされてちゃ示しがつかねぇ。きっちり分からせてやろうと思ってよ。にしても可愛い顔してるじゃねぇか。うんと身体に思い知らせてやろうか？」

「…………」

呆《あき》れ切って言葉が出ない。基本『昇龍』は、こんなノリなのだろうか？

「はんかくさい……」

人数は八人。奴らの武器は鉄パイプと鎖。

……今どき鎖って、少年漫画じゃあるまいし。

私が気にしているのは、そんなことじゃない。

問題なのは、隣にいる遼太郎だ。

私を『可憐』と信じてくれている、愛犬・遼太郎を彷彿《ほうふつ》とさせる彼の前で、暴れたくはない。これは乙女心というもの。

どうしたらいい？

深刻な事態に顔色を失くす私の前に、スッと遼太郎が立ちはだかった。

「お、お前らがなんだか知らないが、彼女には指一本触れさせない」

男らしい台詞《せりふ》だけど、全身が小刻みに震えている。

その様子に『昇龍』のメンバーはギャハハと笑った。

「兄ちゃん、カッコイイな。でも、ブルってんじゃねーかよ」

「しっかり守ってやれよ？」

私は、彼の背後で、「遼太郎、ゴメン」と手を合わせた。

「えっ？」

遼太郎が振り返る間もなく、すばやく彼の背後から首筋に手刀を当てる。

「はうッ」

間抜けな声を上げて、遼太郎は一瞬で意識を失い、そのまま地面にバタンと倒れた。

『昇龍』のメンバーはあんぐりと口を開く。

「こ、こいつ、いきなり仲間をやっつけやがったぜ！」

「マジか、味方じゃなかったのかよ？」

私は地面に倒れた遼太郎を見て、ごめん、と片手拝みをする。

本当にごめんね、遼太郎。でも気絶させただけで、ムチ打ちにもさせてないから。

さて、と私はゆっくりと背筋を伸ばし、彼らを睨《にら》みつける。

「う、うわっ」

プリ男が、後退《あとずさ》りをした。

そんな彼につられるように、他の奴らも息を呑《の》む。

「なんだよ、いくらお前が武道をやってても、この人数に武器まであるんだぜ？」

「そうだよ。敵《かな》うと思ってるのかよ？　唯一の味方を気絶させたことを後悔すんなよ」

虚勢を張る男どもを見返して、私は鼻で笑った。

「後悔？　遼太郎の意識さえなくなればこっちのものよ。それに知ってる？　武器はね、用意するものじゃないの」

私はそのまますばやく鉄パイプを持っている男の許《もと》に駆け寄り、グルンと回し蹴《げ》りをした。

蹴りが見事に決まり、白目を剝《む》いて倒れる男から鉄パイプを取り上げる。

「奪うものなのよ」

私は彼らを見据えて、ふっ、と笑ってみせた。

5

男たちが、息をのんでこちらを見ている。

「本当にあきれる。女の子相手にボッコを持ち出すなんてね」

鉄パイプを手に鼻で笑う私に、「ボッコ？」と、男たちは揃って訊《き》き返す。

「ボッコってなんだよ」

「フルボッコのことか？」

「いや、違うんじゃないすか？」

顔を見合わせて首を傾げる輩《やから》の姿に、私の頬がカァッと熱くなった。

嘘、棒のことを『ボッコ』って呼ぶのは北海道限定なの？　全国共通かと思ってた。

くそ、恥ずかしい。

「もしかして、この鉄パイプのことじゃないっすか？」

「どうして、ボッコなんだ？」

「さあ」

まだ『ボッコ』『ボッコ』言っている男たちに、

「うるせえ、ごらあああ！　ボッコボコにしてやんよ！」

恥ずかしさを打ち消すように怒声を上げる。

相手もすぐに『戦闘モード』に入った様子で構えた。

それでも、たかが女一人、と男たちは、ニヤニヤ笑っている。

そんな中、たった一人、プリ男だけは戦意を喪失しているようでガタガタと震えていた。八人中一人は気絶、一人は戦意喪失。

実質六人。これなら、簡単だ。

手にしていた鉄パイプをグッと力を込めて持つ。それに呼応するように、連中は攻撃に備え腰を落とした。

今だ、と私は、ぶんっ、と勢いよく鉄パイプを空に放り投げる。

「えっ？」

突然、槍投《やりな》げの槍のように飛んでいく鉄パイプを、男たちは拍子抜けしたように、目で追っている。彼らの視線が上空に集中している隙に、すぐ脇にあった球形回転ジャングルジムに駆け寄る。しっかりとつかみ、勢いをつけてグルンと回った。

「はいッ」

球形ジャングルジムの回転を利用した私の蹴りが、鎖を手にしている男の胸に直撃。

「グハッ」

男が倒れるのと同時に、私はジャングルジムから手を離して、そのまま彼の手からすばやく鎖を奪い取った。

「な、何？」

「今、何が起こった？」

動揺する男たちの中、プリ男が真っ青な顔で口に手を当てた。

「て、鉄パイプを投げて、みんなの気をひいている間に、電光石火の先制攻撃。公園の遊具をフル活用しての威力倍増キック。気がつくと武器は彼女の手の中に……こんな喧嘩《けんか》、今まで見たことねぇ」

……お前は解説者か、と私は顔をしかめる。

「みんな、油断するな、こいつ、只者《ただもの》じゃねぇ」

私の奇襲に男たちは動揺しながらも、ようやく本気で体勢を整える。

「遅い遅い」

手にした鎖をグルグルと回すと、男たちは警戒しながらジリジリと間合いを詰める。

「って、おじょーちゃん、その細腕で鎖をどうするつもりだ？」

「ああ、すぐにバテるぜ？」

それでも、まだ気持ちに余裕があるのか、ニヤニヤと笑いながら近付いてくる彼ら

に、

「どうするつもりって、こうやるつもり、よっ！」

私が手にしていた鎖を大きく回して投げつけると、勢いよく男の足首に巻きつき、男は「ギャッ」と声を上げて地面に倒れ込んだ。

その倒れた背中を目がけてジャンプし、両ひざを落とす。

「ふぐっ」

情けない声を上げて、白目を剝く男。

「くそ、なんだこの女」

「早くやっちまえ！」

うおおっ、と声を上げてなりふり構わずかかってくる男の胸倉をしっかとつかんで、その勢いのまま背後に巴投《ともえな》げをする。

投げた先に男二人がいてうまい具合に直撃し、三人仲良く地面に伸びた。私が地面に背をつけると、男どもはチャンスとばかりに四方八方から飛びかかってくる。私はその場でブレイクダンスをするように、体を回して襲いかかってくる男たちを蹴り飛ばす。

地面に手をつき、バク転しながら体を起こして、すぐ後ろのシーソーに飛び乗った。

ガツンッ！　と、シーソーが顎《あご》に命中して倒れる男たち。

なんだ、公園の遊具って、結構使える。せっかくだから鉄棒も使わせてもらおう。公園内で一番大きな鉄棒に取りついて、グルンと大車輪をしながら相手に向かって飛びかかる。

「うわあああ」

気がつくと八人中、六人が気絶。あとは元から戦意のない、ただうずくまるだけのプリ男と、立ちつくす特攻隊長のスキンヘッドだけだ。

パンパンッと土ぼこりだらけの制服を手ではたいて、特攻隊長を睨んだ。

「さて、特攻隊長。あなたがアタマでしょう？　かかってこないの？」

冷ややかに彼を見据えると、特攻隊長は額に浮かんだ汗をぬぐいながらも嘲笑《ちょうしょう》を浮かべた。

「……こんな短い時間で、アッという間に大の男七人をのしちまうなんて、たいしたもんだな。確かにただの女じゃなさそうだ」

七人？　と眉《まゆ》を寄せた。

「私が倒したのは、六人だけど？」

「いや、最初の華道坊ちゃんを入れて七人だろ？」

特攻隊長は、地面で伸びている遼太郎を指す。遼太郎も数に入れられてたか、と私は額に手を当てた。

　バツが悪い気持ちになりながらも改めて、私は特攻隊長とプリ男を見据える。

「で、こちらからいっていい？　ハゲの特攻隊長とプリ男！」

「ハゲじゃねーよっ！」

「それは失礼」

　拳《こぶし》を握りしめて駆け出そうとしたその瞬間、

「すみませんでしたぁ！」

　プリ男が勢いよく土下座をした。

　そう、それは記憶に新しい、すがすがしいほどにとても綺麗《きれい》な土下座だ。

「なっ！　陣内、何土下座してんだよ？」

　ぎょっとする特攻隊長に、プリ男は頭を下げたまま、声を張り上げる。

「ナズナさん、もう俺、絶対に裏切りませんから！　『昇龍』をやめてあなたの舎弟になりますから、許してください！」

「お前、プライドないのかよ！」

　怒声を上げる特攻隊長に、ごもっとも、と心から同意する。

「隊長、見たでしょう、この女はまさに鬼人ですよ！　女の姿をした悪魔なんです！その強さは野生のゴリラ並みで、生身の人間がかなうわけがないんです。俺は一度やられているから分かるんです！」

「野生のゴリラって、それほどまでにか！」

仰天する特攻隊長に、「はぃぃ！」とプリ男は涙目で強くうなずいていた。

悪魔だけじゃ飽き足らず、野生のゴリラだと？

こいつら……。

内側から、沸々と怒りが込み上がってくる。

抑えよう、と胸に手を当てていると、

「でも、野生のゴリラも……鉄の鎖には敵《かな》わないよな？」

誰かが、私の背後に立ち、気が付くと、鉄の鎖で羽交い締めにされていた。

どうやら、気絶していたうちの一人が復活したようだ。

スキンヘッドとプリ男への怒りに気を取られていて、背後に神経が行き届いてなかった。まさか、後ろを取られるなんて。確かに、いくらこの私でも、鉄の鎖を引きちぎる力はない。野生のゴリラじゃないもの。

いや、野生のゴリラでもムリでしょ、と心の中で突っ込む。

基本的に私の技は相手の力を利用しての反撃や、相手が攻撃を仕掛ける前に急所を突く、先手必勝タイプだ。一度力で抑え込まれてしまうと、正直弱い。こうして、鎖で巻かれてしまってはお手上げ、失態だ。

自分自身に腹が立ち、チッと舌打ちした。

「さあて、反撃させてもらおうかな？　ナズナちゃん」

ニヤリと笑いながら、ジリジリ歩み寄る特攻隊長に、私は何も言わずに自分の状態を確認する。

上半身は鎖を巻きつけられて動けないけれど、脚は自由に動く。

これならなんとかなりそうだ。

まず、しゃがみ込んで脚を払って、特攻隊長を転ばせる。そのまま飛び上がるように背面にジャンプして、後ろの男の眉間《みけん》を目がけて後頭部で頭突き。

鎖を解いて、奴らを縛り上げて決まり。これで行こう。

さぁ、来てみなさいよ、と身構えたその時だ。

横から軽快に駆けてくる足音が聞こえてきた、と同時に、樋口一夜の姿が目に入る。

彼がなぜここに？

驚く間もなく、樋口一夜は駆けつけた勢いのまま、隊長に向かって飛び蹴《げ》りをした。

ブハッ、と吹っ飛ぶ特攻隊長。スキンヘッドが夕陽に反射して、少し眩《まぶ》しい。

着地するなり、樋口一夜は、私の背後に立つ男を殴りつける。

その瞬間、私を拘束していた鎖がジャラリと地面に落ちた。

解放感に息をついていると、

「大丈夫か？」

樋口一夜は、私の肩をつかみ、まっすぐに見つめる。

心配そうな瞳《ひとみ》に、思わずキュンと胸が詰まる。

「だ、大丈夫。どうなるかと思ったけど」

本当は勝算が見えていたにも拘《かか》わらず、か弱い女子高生を装い、怖かった、などと洩《も》らして、胸に手を当ててみせた。

「まぁ、あの動きを見る限り、今の状態でも形勢逆転できたかもな？　なんたって女の姿をした悪魔で、その強さは野生のゴリラらしいし」

樋口一夜はそう言って、ニッとイジワルな笑みを浮かべる。

「なっ！」

なんと彼は、一部始終を見ていたらしい。やっぱり、なんていけ好かない奴。

「これで納得したよ。更衣室で陣内たちをのしたのもお前だったんだな。二宮ナズナ……お前も理事長に雇われたのか？」

「はい？」

理事長に雇われたのかって、どういうこと？

ポカンとしていると、

「ま、その話の前に、こいつらしっかり片づけないとだな」

樋口一夜は、地面に倒れ伏す男たちを見下ろした。

「そうだね、トドメを刺さないと」

うなずいた私に、「ひいっ」と地面に伸びていた彼らが体をビクッとさせる。

「きょ、今日のところはもういい、見逃してやるよ！」

隊長がすばやく立ち上がり、勢いよく走り去る。

「ちょっ、隊長、待ってくださいよ！」

慌てて後を追う部下たち。

「覚えてろよ」

なんて、ありがちな捨て台詞《ぜりふ》も遠くから聞こえてくる。

うん、大丈夫、忘れはしないと思うよ。

「悪魔！」

「ブス！」

……絶対忘れないから、そっちこそ覚えておけよ、と私は顔をひきつらせながら、静かになった公園を見回す。

ここには、私と樋口一夜、そして未《いま》だに気絶中の保坂遼太郎の三人だけが取り残された。

「……あいつらマジで逃げ足速いな」

樋口一夜は、やれやれ、と息をつく。

「それより、理事長に頼まれたとかってどういうこと？」

「お前も雇われたんじゃないのか？」

「だから、なんのこと？　もしかして樋口一夜、あんたは雇われてるわけ？」

すると彼は「一夜でいい」と小さく笑う。

「てっきりお前もそうなのかと思ったんだけどな」

独り言のように洩らしたあと、腰に手を当てた。

「……何から話せばいいのかな。ま、結論から言うと、実は俺は高校生じゃない」

「はい？」

思いもしない言葉に、思考が停止する。

「高校生じゃないって、それって、どういうこと？」

「俺は大人なんだよ。高校生のふりをしてるけど、実は二十一歳。兄貴が経営している探偵事務所に勤めているんだ」

さらりと衝撃の事実を告げる一夜に、「探偵？」と私の声が裏返る。

「それって、おじいちゃんの名前にかけて難事件を解決したりとか？」

「それは、マンガの話だろ。実際はほとんど素行調査ばかりなんだけど、この嵐山桜花学園からの依頼は、久々に入った大きな仕事なんだよ」

「いったいどんな仕事を？」

「この高校に深く関わって、厄介事を起こす『昇龍』の問題を解決することと……。まぁ、それ以外にも色々と問題があって、それを調査することなんだ」

一夜は、それ以上の説明は面倒くさい、という様子を見せる。

私は、へぇ、と相槌《あいづち》をうつ。

この学園に潜入調査をするために、実はいい大人が高校生のふりをしているわけだ。

頭がいいのにE組に来たのも、わざとなのだろう。

そうは言っても、なんだか狐につままれたような気分……。

「ま、というわけで、お前も手伝えよ」

ポンッと背中を叩《たた》く一夜に、私は目をぱちりと見開いた。

「どうして？」

「俺の秘密を聞いたんだ。責任取れよ」

顔を覗《のぞ》き込んで言う一夜に、不覚にも私の心臓がどきんと跳ねる。

「そ、そんなの勝手に話したんじゃない！」

ふん、と顔を背けると、一夜は愉《たの》しげに笑った。

「お前のあの強さはすげー役に立ちそうだしな。可愛くて強い、サイコーじゃん」

「えっ？」

どうしよう。頬が熱くて仕方がない。今、顔が赤くなっていないだろうか？

強い自分を『可愛い』って言ってくれる人に出会ったのは、初めてなのだ。

地元の男子からはデビル扱いだったし、女子には頼られはしていたけど、『ナズナちゃんを怒らせちゃダメ』と、やはり怖がられてもいた。

強い自分のままでは、誰にも心を開いてもらえない。だから新しい土地で強い自分を隠して生きていきたいと思っていたんだ。

自分を偽ることにほんの少しの抵抗はあった。

けれど、もう人に恐れられるのはゴメンだって、心底思っていたから。

なのに、強い自分も含めて『可愛い』って言ってくれる人に出会うなんて。

どうしよう、嬉《うれ》しくて泣きそうだよ。

「な、何よ、転校初日にブスって言ったくせに」

目頭が熱くなったのを誤魔化すために、私は腕を組んで睨《にら》む。

一夜は「あー」と思い出したようにうなずいた。

「こっちは仕事で高校生やってんのに、やたら女にまとわりつかれるから、あえてああいう態度を取ってたんだよ」

「それじゃあ、あんたが女をはべらせているってのは？」

「噂に決まってんだろ、バーカ」

呆《あき》れたようにそう言う彼は、やはり口が悪いことには変わりないらしい。

「にしても、お前が本当にただの転校生だったとはな。あの尋常じゃない強さを見て、絶対に理事長が他で雇ったんだと思ったよ。何も聞いてないし、商売敵かとちょっと焦った」

「ど、どーせ、女の面をかぶったアクマですから」

「失礼な話だよな」

「え……？」

「お前の戦ってる姿は無駄がなくて動きがスマートで、まるで何かのショーを見てるみたいに綺《き》麗《れい》だったよ。『演武』もやってたんだ？」

熱っぽい視線を見せる一夜に、またドキドキしてしまう。

「……美しく戦えって、父親に叩き込まれて」

そう、ブルース・リーのように美しく。

それが父の口癖だったな……、って、どんな口癖だよ。

「お前の父親、格闘技できるんだ？」

一夜は感心したようにつぶやいたあと、ハッとした様子を見せる。

「もしかして、お前の父親って『二宮五《ご》郎《ろう》』か？」

「父を知ってるの？」

「そりゃあ、『二宮五郎』っていったら、ライバルの『サブロー』と並んで有名な格闘家で、誰だって知ってるだろ？　何年も前に引退しちゃったけどな」

　当たり前のように言う一夜に、どこまで知っているんだ、と苦笑が浮かぶ。

　父親の二宮五郎も、そのライバルのサブローもよほどの格闘好きなら知っているだろうけど、今や一般の人には忘れ去られている存在だ。

「二宮五郎とサブローの最後の試合は凄《すご》かったよな。俺、ＤＶＤで何回も観たよ」

　一夜は熱っぽくそう語る。その姿から、彼がよほどの格闘好きであることが伝わってきた。

「すげぇ選手だったよな。それなのに、絶頂期にいきなり引退したんだよな」

　一夜は小さく息をついて残念そうに目を伏せた。

「……母が病気になって、その看病に専念するために引退したんだって。引退後は、柔道整体師をする傍ら、道場も開いて……」

「そうだったんだ。そりゃ仕方ないよな」

　でも惜しいよな、と一夜は息をつく。

　一夜は本当に父のファンだったようだ。それはやはり嬉しい。

「道場といえば、そうだ。二宮五郎は北海道に渡って『美瑛塾』って格闘教室を開いたんだよな。確か有名脚本家に心酔していて、『富良野塾』を真似たって話だったとか」

　うんうん、と話を続ける一夜に、私はギョッとした。

うちの事情に詳しすぎるだろう。

　そうなのだ。うちの父は『北の国から』の大ファンで、『同じ五郎って名前だ！』と大興奮して、『お母さんのために空気のいい北海道へ』と美瑛に移住し『美瑛塾』という総合格闘教室を開いた。

『そんなに好きなのに、移住先はどうして富良野じゃないの？』と尋ねた母に、『そこまで真似したくはない』と、父はかなりの真顔で告げたらしい。

　そこまで真似ていたのなら、逆に富良野に住んでも良かったと思うのだけど……。

　ちなみに生徒たちは地元住民というより、全国各地にいるお父さんのファンが集まってくれたらしい。

　塾を卒業した門下生たちは、今も格闘界で活躍していたりする。

　そんな移住の経緯《いきさつ》は、私がかなり小さいころの話なので、記憶にはない。

　結局、母も病気が良くならないまま、亡くなってしまった。

　父はその後、心身ともに強くなれと、私に格闘技を叩き込んでいったわけで……。

「今活躍中の選手の中にも、『美瑛塾』出身の奴って結構いるもんな」

　なるほど、とうなずく一夜を眺めながら、私は苦笑した。

「ま、色々、納得したよ。お前が強い理由も。で、オヤジさんは元気なのか？」

「うん、フランスの選手のサポートをするために渡仏してる。それで、私はおばあちゃんの家があるここに来たの」

「なるほどねぇ。……にしても、ここでお前のような逸材に出会えたのは、ラッキーだな。百人力を得た気分だ」

「えっ？」

「というわけで、今日からお前は、私立嵐山桜花学園の『秘密探偵』な」

肩にポンッと手を載せた一夜に、私は弾《はじ》かれたように顔を上げる。

「なっ、秘密探偵？」

「ああ、一緒にがんばろうな、ナズナ」

一夜が笑顔で手を差し出してきた時、地面に倒れ込んでいた遼太郎が「ううーん」と声を上げて、ピクリと動いた。

「おっと、保坂が目を覚ましそうだな。面倒くさそうだから俺はとりあえず退散するわ。これから手伝いヨロシクな、ナズナ」

一夜は、手を上げてバイバイと背を向ける。

「ちょッ、手伝うなんて言ってないけど！　秘密探偵なんて超アヤシイし。勝手に話進めないで。それに、そんな時間なんてないの。私は勉強がんばらないといけないし、なんならバイトもしたいのよ！」

京都での素敵ライフを送るための軍資金がほしいし、そしてもしA組に編入できなくなった時は授業料を自分で工面しなくてはならないのだ。

「あ、言うの忘れてた。ちゃんとバイト代は払うから」

そう続けられ、私は言葉が詰まる。

バイト代……。それなら、悪い話ではないかも。

自分の単純さに決まりの悪さを感じながらも、振り上げていた拳《こぶし》をそっと下ろす。

一夜の背中が遠ざかっていくのに合わせて、遼太郎がゆっくりと上体を起こし、

「僕はいったい……？」

と頭を押さえながら周囲を見回した。

「遼太郎、大丈夫？」

しゃがみ込んで尋ねた私に、遼太郎は急にすべてを思い出したように勢いよく身を乗り出した。

「ナ、ナズナくん、大丈夫だったか？　確か『昇龍』が！」

遼太郎は声を上げながら閑散とした公園を見て、『あれ？』と目を瞬かせる。

「あのね、人が通りかかって声を上げてくれたおかげでみんな逃げていったの。怖かったね」

ばつの悪さに身を小さくさせながら言うと、遼太郎は「そうか」と息をつく。

「……とにかく、君が無事で良かったよ。しかし後ろから不意打ちしてくるなんて、

卑怯《ひきょう》な奴らだ」

すみません、その卑怯者は私です、と心の中で謝る。

「でも、なんだか、凝り固まっていた肩が楽になった気もするな。不幸中の幸いだ」

肩や首を動かして言う遼太郎に、それは良かった、と私は胸を撫《な》でおろす。

一応、柔道整体師の娘。肩凝りが改善する箇所を狙っていた。

「それじゃあ、少し遅くなったけど、カフェに行こうか」

遼太郎は制服についた埃《ほこり》を払い、私の方を向いた。

「うん、ありがとう」

私たちは、ゆっくりと歩き出す。

それは私の学園生活が、また少し変わった一日だった。

第三章　二宮ナズナ、探偵になる⁉

1

あれから、グルグルと頭の中を離れない、樋口一夜の言葉。

『可愛くて強い、サイコーじゃん』

　今まで誰にも言ってもらえなかった言葉に、思い出してはドキドキして、ベッドの上を転がってしまう。

　それにしても、と私は転がるのをやめて、横たわったまま頬杖《ほおづえ》をつく。

　一夜が実は高校生じゃなく、理事長に依頼されて学園に潜入していた探偵だったというのは、本当に驚きだった。

　誰にも言うなと釘《くぎ》を刺されたけど、そんな心配は無用だ。私には、こんなおもしろいネタをコッソリと洩《も》らせる友達もいないのだから……。

転校したてだからではない。昔からいないのだ。それでも実家にいたころは、犬の遼太郎が尻尾《しっぽ》を振りながら私の話を聞いてくれていたんだけど。

そんな遼太郎は、父がフランスに連れていってしまったし。

ああ、可愛い遼太郎。離れたくなかった。でも、冴子さんにお世話をお願いするわけにもいかないから、これで良かったんだろうけど。

それに、遼太郎の代わりはできた。

A組の優等生・保坂遼太郎。一見、とっつきにくい雰囲気だけど、黙って私の話を聞いてくれるところなんかは、犬の遼太郎を彷彿《ほうふつ》とさせる。

「ナズナちゃん、そろそろ準備しないと遅れるわよー」

一階から祖母の声が聞こえてきて、私は弾かれたように体を起こした。

「わっ、もうこんな時間。遅刻しちゃう」


A組にステップアップするには、内申も大事だと遼太郎が言ってた。

なるべく遅刻は避けたい。

自慢の脚力で勢いよく自転車を漕《こ》ぎ、校門まであと一息！　というところで、無情にも鐘が鳴り響いた。

「……遅刻だな」

門の前で、不機嫌な表情を浮かべている教頭が、イライラした口調で宣告した。

「すみません」

「……クラスと名前は？」

と、教頭は低い声で訊《たず》ねる。

「二年E組、二宮ナズナです！」

できるだけ好印象を与えるべく元気に答えると、教頭は「E組か」と鼻で嗤《わら》った。

「…………」

その馬鹿にしたような態度。『生徒が、E組を馬鹿にするのは仕方ないとしても、教師のあなたがそれはないでしょう？』……と、前の学校なら、ビシッと伝えるところだけど、ここではグッとこらえた。内申を意識したのもあるが、なんとなく、この教頭を敵に回したら、厄介な気もしたのだ。

上等そうなスーツを身に纏《まと》い、苦虫《にがむし》を噛《か》みつぶしたような顔をしている彼は、『教頭先生』というより、中年のエリートサラリーマンのようにも見える。常に不愉快そうに眉間《みけん》に皺《しわ》が寄っていて、笑う時は人を見下したようにニヤリと笑う、どうにも好きになれないタイプだ。

教頭は名簿をチェックしながら、「……転入生か」と小声で洩らした。

「はい、転校してきたばかりです」

「これは独り言だ。さっさと教室に行きなさい」

言われなくたって行きますよ、と心で毒づいて、私は大股《おおまた》で歩く。

昇降口に向かってズンズン歩いていると、背中に嫌な視線を感じて、私は何気なく振り返った。

すると、教頭が私を凝視していた。

「うわっ、こっちをめっちゃ見てる」

どうして、あんなに露骨にこっちを見ていたのだろう？　目をつけられてしまったのだろうか？

変な汗をかくのを感じながら、私は逃げるように小走りで昇降口に入る。

校内に入ると、廊下では女生徒たちがキャアキャアと黄色い声を上げていた。

「見て、樋口様よ、カッコイイ！」

「本当にクールな王子様って感じね」

その言葉に、プッと噴き出してしまった。

王子様って、実はあいつ、もう大人だよ？

あー、誰かに話したい、と上靴を履いていると、

「来たな、ナズナ。遅かったじゃん」

やけになれなれしい声が頭上からし、私は怪《け》訝《げん》に思いながら顔を上げた。

そこには、『クールな王子様』こと樋口一夜が、満面に笑みを浮かべている。

周囲の女生徒たちは、仰天した様子でこちらを見ていた。

「あ、いや、今日は遅刻しちゃって」

「あんまり遅《おせ》ぇから、休みかと心配したよ」

なんだその、うさんくさすぎる笑顔は……。

「……なんで、心配するわけ？」

顔をしかめると、一夜は私の肩に腕を回し、グッと身体を引き寄せた。

「ナズナに会えねぇの、寂しすぎるだろ？」

一夜が熱っぽくそう言った瞬間、ぎゃああああ、と廊下に絹を裂くような女生徒の悲鳴が響き渡った。

2

「――ちょっと、いったいどういうつもり？　ふざけすぎでしょ」

私はすぐに誰もいない空き教室に一夜を引きずり込むなり、声を荒らげた。

いやいや、と一夜は真面目な顔で人差し指を立てる。

「俺もいろいろ考えたんだよ」

「いろいろって？」

「俺たちはこれから秘密裏に探偵の仕事をするわけだろ？　そうなると、一緒に行動することが多くなる。付き合っていないのに常に一緒にいるってのは、不自然だなと思ったんだよ」

　はぁ、と私は相槌《あいづち》をうつ。

「で、一つの結論に達したんだ。付き合ってることにしようってな」

　名案だろ、と微笑む一夜に、「はい？」と私は顔をしかめる。

「そんな勝手なこと言わないで！　私にだって、やり直したい青春があるわけで」

「ナズナ、俺は仕事が終わったら、この学園から去るんだ。だから、わずかな期間だけだよ。ちゃんとバイト代も払うし、一緒に探偵になった気で頼むよ」

　一夜は少し申し訳なさそうに、手を合わせる。

「あ、そうか。仕事が終わったら、一夜は学園を出るんだ」

　それはそうだろう。彼は、本当は高校生じゃないのだ。

　納得しつつも、複雑な気持ちで私はうなずいた。

「ま、そーゆーわけで頼むわ。お前は俺の女ってことで」

　一夜は、ぽんぽんと私の肩を叩《たた》いて、教室を出て行こうとする。

「でも、彼女のフリなんて、そんな簡単でいいの？」

「フリなんだから、そう深刻になるなよ。それとも好きな男がいるとか？」

「……いないけど」

「ああ、もしかして、保坂が気になってるとか？」

「遼太郎？　いや、遼太郎はそんなんじゃないから」

遼太郎ねぇ、と一夜は意味深に口角を上げ、

「ま、好きな男がいないならいいだろ？　そんじゃあらためて俺のことは『一夜』って呼べよ」

と言って、私の鼻をムニッとつまんできた。

「でも、フリなんて」

「お前、A組に行きたい気持ちがあるんだろ？　A組は内申も良くないといけないらしいし、仕事手伝ってくれたら、俺から理事長にお前が学園のためにがんばってくれたことを話して頼んでやるから」

その言葉に、ためらいがスッとなくなった気がした。

仕事を手伝って、理事長の口ききでA組に移る。それは、私が遼太郎に勉強を教えてもらって試験にパスするよりも、可能性がありそうだ。しかもバイト代も入る。

これが、利害関係の成立というものなんだろうか？

「わかった、私も腹くくった。手伝うね」

「ああ、頼むな」

一夜は、ポンッと頭に手を載せて、クシャッと髪を撫《な》でてくる。

「…………」

うかつにも、ドキドキしてしまう。悔しい。

「さっ、教室行こうぜ。すでに遅刻決定だけどな」

一夜は、そのまま手をつなごうとしてきたので、私はそれを咄嗟《とっさ》に払った。

「や、何するの？」

「だーかーらー、彼女なんだろ？」

「あ、そうか。そうだった」

彼女のフリをするって、こういうことなんだ。

「……分かった」

覚悟を決めて、私は一夜の手を握る。

「お前との噂が広まれば、俺もうっとうしく女に近寄られることがなくなって一石二鳥だな。仕事じゃなければ食い放題なのに」

馬鹿みたい、と私は肩をすくめる。

そうして、『樋口一夜とつきあうフリ』をスタートしたわけなのだけど……。

その噂は、電光石火で広まった。

「信じられない、彼がE組のバヵ女と付き合ってるなんて！」

「E組バヵ女って、保坂様にも色目使ってなかった？」

「マジで最低」

——と、まぁ、こんな感じで、女子からの反発と敵対心は、それは、すさまじいものがあった。幸いにもクラスに女子がいないということで、それほど嫌な思いをせずにすんでいるけれど……。

「お前、靴とか隠されないように気をつけろよ」

そんな一夜のアドバイスに従い、下駄箱に靴を置きっぱなしにしないようにしたおかげで被害はなかった。とはいえ、靴が無事だっただけで、いつも下駄箱の中には、ゴミがいっぱい詰め込まれていたけど……。

そして噂を聞きつけたのは、女生徒だけではなかった。

「噂は本当なのかい？　だって付き合ってないって言ってたじゃないか」

遼太郎が、血相を変えてE組の教室を訪れた。

「ええと、なんていうか。あの時は付き合ってなかったんだけど、そのあとに告白さ

3

れちゃって。嘘をついたつもりじゃないの」

私は本当に嘘つくことが苦手だ。話しながら目が泳ぐ。

あはは、と笑って誤魔化すと、遼太郎は青い顔をさらに青くさせた。

「それじゃあ、僕のことは？」

「遼太郎は大事な友達だよ！　もし良かったら、これからも仲良くしてね」

しっかりと彼を見上げて言うと、遼太郎は頬を赤くし、

「……僕は諦《あきら》めたわけではないから」

目を光らせて、スタスタと立ち去っていった。

――そうして、昼休み。

一夜に呼び出された三階奥の空き教室の椅子に座り、「はぁ」と息をついた。

怒《ど》濤《とう》の半日だった、と机に突っ伏す。

すぐに、文句のひとつも言ってやろうと思っていたのに、一夜はまだ来てない。

「ムカつく。先にお弁当食べてやるんだから」

ランチボックスを取り出して、勢いよく食べていると、ガラリと引き戸が開き、一夜が顔を出した。

「お疲れ、小悪魔ちゃん」

「小悪魔？」

「保坂とのやりとり。お前って天然小悪魔だな」

一夜はくっくと笑って、引き戸に鍵《かぎ》をかけた。

「ちょっと、どうして鍵を？」

「仕事の話をするからだよ。最強女子高生にイタズラするような度胸はねーから安心しろ」

そう言って、一夜は、私の前に座る。

『最強女子高生』――その言葉に、少し傷ついた自分がいた。

一夜は私のことをごく普通の女の子のように扱ってくれていると思ったけど、やっぱり『最強』と思っていたわけだ。

小さく息をついて顔を上げると、一夜が、頬杖《ほおづえ》をついてジッと私を見詰めていた。

「ッ！」

ドキンと心臓が跳ね上がって、呼吸が止まるかと思った。

「な、何？」

「もしかして、イタズラされたかった？」

はい？　と私の声が裏返る。

「何言ってるの、どうして、そういう発想になるわけ？」

「いや、『イタズラする度胸ねぇし』って言ったら、なんだか面白くなさそうな顔したから」

「そんなんじゃないし」

面白くなかったのは、そこじゃない。『最強女子高生』ってところだ。

「せっかくだから、仕事に入る前に、イケナイことする？」

顔を覗《のぞ》き込んでくる一夜に、私の頬は発火したように熱くなる。

「な……な、にを言って……」

「何って、わかるだろ？」

今、初めて分かった。私、男に免疫がなさすぎるのだ。今まで男子とはバトルしてばかりだったから、こんなことを言われたことがなかったのだ。

自分が動揺する原因が分かり、私は少し冷静になって、一夜を睨む。

「バカじゃない？　何言ってるのよ、さっさと仕事に入るよ」

「わりぃ、冗談だよ。そんなイヤそうな顔すんなって」

それじゃあ、と一夜は鞄《かばん》から書類を出す。

「仕事に入るとするか。ナズナは食べながらでいいから見てくれ。『昇龍』について調べたことをまとめたものなんだ」

「あの悪名高い暴走族ね。一夜はどこまで把握しているの？」

「ああ、『昇龍』というチームは元々、うちの学園の生徒が作ったものなんだけど、今や、この学園を離れて関西全域に広がっている有名な族だ。その実態は、あまり知られていない。人数もその組織構成も外部にはほとんど知られていないんだ。メンバーもマスクなんかで顔を隠している輩《やから》が多いそうだ」

「正体を隠してるってこと？」

「そういうことなんだろうな。だけど、どうやら、今の副総長はうちの学園にいるらしい。これまた正体を隠した状態でな」

「それじゃあ、総長は？」

「総長については、まだ調査中。分かっていることは、銀髪の走り屋で、ハンパなく強いらしいってこと。なんでも『伝説のシルバーウルフ』って呼ばれてるとか」

「一昔前のヤンキー漫画みたい」

「ああ、ベタだよな。俺も笑ったけど。その総長はというと、バイクでの走りと、族同士の喧嘩《けんか》にしか興味がないらしく、下っぱの横行については関与してないようだ」

「それじゃあ、部下たちが勝手に悪事を働いているってこと？」

「そういうことだな。部下たちは総長が無頓着《むとんちゃく》なのをいいことにチームの名前を利用して好き勝手しているらしい。その悪事を取り仕切っているのが、副総長ってわけだ」

「つまり、『昇龍』という暴走族組織は、総長よりも副総長がやっかいなのね。で、その副総長はこの学園の生徒らしいから、誰なのか見つけ出したいってことだよね？」

「おっ、話が早くて助かる。そういうこと。そこで、ナズナに頼みたいんだよ。ちょっと聞き出してくれないか？」

「聞き出すって、誰に？」

「陣内に。あいつはお前にすげービビってるみたいだから、呼び出して『昇龍』内部のことを吐かせてくれよ」

「すげービビってるって……」

　複雑な心境になりながらも、「いいけど」とうなずいた。

　その後は、バイト代のことや、調査にかかった出費は領収書があれば経費で落とせるなどといった説明を受け、とりあえず今は、学園内にひそんでいる『副総長』の実態をつかむことに力を入れよう、という話になった。

「それじゃあ、頼む」

「了解」

　二宮ナズナ、いよいよ、秘密探偵のお仕事スタートだ。

4

「プーリー男」

その日の授業が終わり、みんなが帰り支度を始めてガヤガヤした教室で、私はプリ男に声をかけた。

「は、はい？」

なるべく、怖がらせないように明るく可愛く声をかけてみたというのに、プリ男はまたもや死刑宣告を受けた囚人のように青ざめて目を見開き、ガタガタと震えながらこちらを見てきた。

毎度毎度、なんだ、その顔。イライラするわ。

チッと気づかれぬように舌打ちすると、彼はビクンと身体を強張《こわば》らせた。

どうやら、舌打ちに気づいていたらしい。

「な……なんすか？」

「ちょっといいかな、聞きたいことがあって」

「はははははい」

見た目に分かるほどに震えているプリ男を、この前と同じ非常階段に誘い込んだ。

「すみませんでしたぁ！」

非常階段に入るなり、プリ男は、お約束のように土下座する。

私は、その襟をつかんで、なるべく優しい笑顔で顔を覗き込んだ。

「いや、土下座はいいから。それより、あんたは私の舎弟になってくれたのよね？」

「は、はい、舎弟っす！　まごうかたなき舎弟っす！」

涙目で必死にそう言う奴に、うん、とうなずいて、私は階段に腰を下ろす。

「それなら、聞かせてもらえるかな？　『昇龍』のことについて」

「えっ、『昇龍』についてっすか？」

「そう、『昇龍』っていうのは、元々、どんな風にできたチームなの？」

プリ男は「そうっすね。ええと」と、その場にヤンキー座りをした。

少ない脳みそをフル回転させながら、話し始めたプリ男の説明は、とてもじゃないけど聞けたものじゃなかったので、私なりにまとめてみると。

――元々は、この嵐山桜花学園の生徒五人が作った少人数の族だった。

彼らは裕福な家に生まれるも、中学の頃になるとグレ出して、関東地方で暴走族をしていたという、はみだし者たちだったそうだ。そんな彼らは、家からも関東からも追い出されるようにして、この桜花学園に来た。

最初の名前は『関西愚連隊《かんさいぐれんたい》』といい、バイクで関西を駆け抜けていたそうだ。その後、総長は代替わりをしていき、今は三代目。

今の総長は元々『シルバーウルフ』という異名を持つ、一匹狼の走り屋だったらしい。あまりに目立つ存在だったことから、あちこちから常に喧嘩を売られるも、シルバーウルフは鬼神のように強く、いつも敵チームを打ち負かしたそうだ。

「シルバーウルフねぇ」

やはり、なかなか恥ずかしい通り名だ。

当時の総長――二代目は、シルバーウルフが気に入らなかった。

ついにヤキを入れようと、二代目はシルバーウルフを呼び出す。

複数人で囲んで一斉に殴りにかかるも、結果は、シルバーウルフの圧勝。

二代目たちは、腕に覚えのある者ばかりを集めたというのに、ほぼ瞬殺状態だったという。

「二代目たちは、逆にシルバーウルフの強さに惚《ほ》れ込み、『うちの総長になってほしい』と頼み込んだんです。そして『関西愚連隊』は、名前を『昇龍』に変更して、新たなチームが誕生したんですよ。で、これが二年前の話で、当時、総長はまだ十五歳だったそうです」

プリ男は、少し誇らしげに話す。

「十五歳？　それはすごい」

「はい、総長はハンパないっすから」

　プリ男は頬を赤らめて、ウットリと細い目をさらに細めた。

「でも、なんでウルフが頭になったのに、チーム名は『昇龍』なの？」

　さあ、とプリ男は首を傾げる。

「それで、その後、『昇龍』という組織はどうなっていったわけ？」

「シルバーウルフを三代目総長とした『昇龍』は、もう無敵状態ですよ。短期間にどんどん有名になりましたし、メンバーも増えていって、アッという間に、関西を代表する一大勢力になったんす」

「なるほどねぇ」

「で、去年、元『関西愚連隊』からの幹部メンバーたちが、もう十八歳になったことから引退することになったんです」

「暴走族って、十八で引退なの？」

「決まりはないっすけど、わりとどこもそんな感じなんですよ。十八をすぎてチームにいるのはちょっとダサいっすね」

　その世界には、その世界なりの美学があるらしい。

「でもさ、幹部が一気に抜けたことで、ゴタゴタしなかったの？」

「はい、次の幹部は誰になるかって、『昇龍』内部はゴチャゴチャになったっす。総長はそういうのに無頓着で、『俺は面倒くさいから、テキトーに頼むわ』といっさいタッチしなかったそうで」

　このあたりは、一夜の言ってたことと符合する。

「そんなときに、総長の代わりに手際よく内部を取り仕切った奴がいたんすが、そのまま自然の流れで、そいつが副総長になったわけなんです」

「ふぅん、その副総長の名前は？」

「名前ですか？　知らないっす。『副総長』としか呼んでないので。総長の名前も副総長の名前も知らないっす」

「でも、その副総長はこの学園の人なんでしょう？」

　身を乗り出して尋ねた私に、プリ男は心底驚いたように、「えっ？」と目を見開いた。

「副総長がこの学園の？　マジっすか、それ」

「……プリ男、本当に『昇龍』のメンバーなわけ？」

「メ、メンバーっすよ！」

「総長や副総長の名前も知らないなんて、そんなのありえないでしょう？　なんにも知らないじゃん」

「いや、もちろん知ってますよ。銀の総長に、金の副総長っすから」

「……何それ」

「総長は美しい銀髪で、白地に銀の龍の刺繍《ししゅう》が施された特攻服をまとって、それはカッコよくて……」

プリ男はまたウットリとそう告げたあと、腕を組んだ。

「そして副総長は、黒地に金の龍の刺繍の特攻服で、いつもマスクをして手には木刀で……。でも、思えば副総長の顔わからないっすね」

「ほら、全然知らないじゃん」

「いや、でもそれは俺だけじゃなく、みんなも同じっす」

ムキになったように言うプリ男に、私は、やれやれ、と息をついた。

「それじゃあ、総長がどこの学校の人なのかも知らないの？」

「総長はどこかの男子校を退学になったとかで、今は学生じゃないんすよ。だから、副総長も同じように学生じゃないと思ってたんすけどね」

「そうなんだ」

「この学園の人ってマジっすか？　でもなぁ、この学園にあそこまでの金髪はいないと思うんすけど」

信じられない、とプリ男は首を捻《ひね》っている。

どうやら、副総長がこの学園の生徒だというのは、一夜が独自につかんだ情報で、下っ端には知られていないようだ。今の幹部はどうだろう？　詳しいことを知っているのだろうか？

「……この前のスキンヘッド、特攻隊長って言ってたわよね？　特攻隊長って幹部ってことでしょう？」

「あ、そうっす。今の幹部は副総長の下に、『特攻隊長』と『遊撃隊長』と『親衛隊長』の三人なんす」

「遊撃隊や親衛隊って、何をするわけ？」

「遊撃隊は……資金調達や総会を取り仕切ったりしてますね。隊長はドレッドヘアで、暴走族というより、ちょっとギャングっぽいんです。親衛隊は、一応、総長をサツや敵から守るっていう役割なんですが、総長は強いし速いしで、あまり役立っていないというか。ほとんど総長のファンクラブっすね。だもんで一番イカしてるのは、俺が所属している特攻隊だと思ってるんすけど」

嬉《うれ》しそうに語る姿に、『いや、それはどうでもいいし』と思いながらも、訊《き》いてみる。

「その『特攻隊』ってのは、何をするわけ？」

「特攻隊は、そのまま『特攻』するんすよ。暴走族は赤信号でも停まらないんすよ。まず、特攻隊が赤信号を突っ切って先に走る。チームはそれに続くわけです。まさに命がけ、それがカッコイイんです。喧嘩《けんか》やモメごとになったとき、真っ先に声がかかるのは『特攻隊』っすから。まぁ、『先駆け戦闘集団』ってところっすね」

　馬鹿じゃないか、迷惑甚だしい、と心から思う。

「……で、プリ男、あんた、私の舎弟になるって言ってたけど、『昇龍』は抜けたの？」

　私が横目で問うと、プリ男は身体をびくんとさせた。

「い、いいえ、そ……それはまだ」

「やっぱり。いいの、『昇龍』はやめなくても。その代わりコッソリ私に教えてほしいの、『昇龍』のことを」

　私の申し出に、プリ男は戸惑いの表情を浮かべながら、はぁ、とうなずいた。

5

　プリ男との話を終えたあと、渡月橋の近くにある喫茶店に入った。

　そこで一夜と落ち合うことになっていた。

　渡月橋付近と言えば、京都の中でも有名な観光スポット。近くには素敵なカフェが何軒も存在するというのに、待ち合わせをした店はなぜか、置き看板から店構え、内装に至るまで、昭和の香りが漂う喫茶店だった。

　チリンとベルの鳴るドアを開けると、「いらっしゃいませ」の声と同時に、レトロな空間が目に飛び込んでくる。店内にはカウンターの中に髭《ひげ》を生やしたマスターと、奥の席に座る一夜しかいない。

　一夜は私を見るなり、おう、と手を上げた。

　私はムスッとしながら、何も言わずに彼の前のソファーに腰を下ろす。

「なんだ？　何かあったか？」

「別になんでもないけど。ただどうせなら、もっと、お洒落《しゃれ》なカフェとかが良かったなって。地元にも、こういうレトロな喫茶店はあったし」

　口を尖《とが》らせながら小声でボヤいた私に、一夜は、ああ、と店内を見回す。

「それが狙い。このレトロさのおかげで、桜花の生徒はここに来ないからな。邪魔が入らず打ち合わせしやすいだろ？　それに、こーゆーレトロさも落ち着けて俺は好きだけどなぁ。まっ、とりあえず、好きなの頼めよ」

　と、一夜は、メニューを差し出すも、私はそれを見ようともせずに答えた。

「……それじゃあ、クリームソーダ」

「レトロだってムカついてたわりには、注文するものはレトロだな」

「どうせならね。こういうところはクリームソーダかナポリタンかなって」

　一夜は、なるほど、と納得して、「マスター、クリームソーダ」と手を上げた。

やがてマスターが運んできたクリームソーダを飲んでいると、一夜が少し身を乗り出した。

「で、陣内はどうだった？」

「うん、いろいろ聞けたよ」

私はゴソゴソと鞄《かばん》からノートを出した。

ここには、プリ男から聞いた情報、すべてがまとめられている。『関西愚連隊』と十五歳のシルバーウルフの決闘から、『昇龍』が結成されたというその経緯と結果。旧幹部と、現幹部のこと。そう、これは私の『探偵ノート』だ。

「ああ、『昇龍』結成の経緯か。それは俺も知ってる」

「…………」

「で、副総長について何かわかったことは？」

突っ込んで尋ねる一夜に、私は言葉を詰まらせる。

結局、副総長が金髪だという以外、名前も、顔の特徴も分からなかったわけで。

「……ほとんど何も仕入れられなかったよ。あいつ、副総長がこの学園の人間だってことも知らなかったみたい」

バツの悪さを感じて肩をすくめた私に、一夜は「そうか」と頬杖《ほおづえ》をつき、少し考え事をするように窓の外を眺めた。

夕暮れ空には白い月が顔を見せている。その下には、桂川と渡月橋。なかなか、良い風景だ。

「……『昇龍』って、いったいどんな悪さをしてるの？」

私がぽつりと訊《たず》ねると、一夜はバッグからファイルを取り出した。

「『昇龍』の悪事の記録をまとめたものだ。写真もある」

へぇ、と、ファイルのページをめくった。

『校舎破壊』というタイトル文字の下に、校舎壁に描かれた大きなイタズラ書きと、めちゃくちゃに割られたガラスの写真が貼られていた。

この校舎は桜花学園ではなく、対立していた学校だったらしい。ひどいといえばひどいけど、これはヤンキー高校なら見かける光景だ。

『「昇龍」のメンバーにツバを吐きかけたサラリーマンの車』というタイトルの下には、ボコボコにつぶされた外車の写真があった。

これはさすがにひどいな、外車が無残なことになってる。

『「昇龍」のメンバーをフッた女の犬』

その下には、身体に『バカ犬』とスプレーらしきもので書かれた真っ白なマルチーズ写真。

「何これ、可哀相！」

　私は目を剥《む》いて声を上げたあと、「……でも、なんか幼稚だね」と眉《まゆ》をひそめる。

「そうなんだよ。これらの悪事はタチが悪いけど幼稚なんだ。問題は表面に出てきていない、その裏側」

「裏側？」

「関西圏の学生への大麻の売買や、女子学生への売春の斡旋《あっせん》、それらに『昇龍』が関わっているという噂がある」

　驚きのあまり私は、えっ、と目を見開いた。

　思った以上に、悪質で深刻だ。

「……理事長が動き出すのもわかるだろ？」

　うん、とうなずく。

　私は思った以上に大変なことを引き受けてしまったのかもしれない。

　でも……、と私は『バカ犬』と書かれたマルチーズの写真を眺めた。

　かたきは討つからね、ワンちゃん、と拳《こぶし》を握りしめる。

　仕事への意欲に燃えていると、一夜はテーブルの上の資料を片付け始めた。

「そんじゃあ、俺は次の聞き込みに行くかな」

「聞き込みって？」

「陣内も言っていた、『昇龍』の前身『関西愚連隊』の元総長、町田《まちだ》と会うことになってるんだ。話を聞こうと思って」

「ああ、十八歳になったから、チームを卒業したっていう」

ポンッと手を打つ私に、一夜はコクリとうなずいた。

「抜けたとはいえ、組織の元総長で幹部。何か知ってることがあるかもしれない」

「だよね。どうやって連絡取ったの？」

「町田は今、市内のガソリンスタンドで働いているのが分かったんだ。で、直接会いに行って、約束取りつけた。だからそろそろ出ないと」

時間を確認しながら言う一夜に、私は前のめりになる。

「それじゃあ、私も行く」

6

私たちは喫茶店を出て、駐車場に停めていた一夜の車で、待ち合わせ場所へと向かうこととなった。

一夜の車は、真っ白い上品なデザインの国産高級ハイブリッドカーだった。

「って、これ、一夜の車なの？　なんかイメージとは違うね」

「ああ、これは元々、兄貴のなんだ。兄貴はもう車乗らないから」

一夜は簡単に言って、上着を脱ぎ、運転席に乗り込む。

そういえば、一夜はお兄さんと探偵事務所をやっているという話だ。でも、『兄貴はもう車乗らない』って、どういうことなんだろう？

私は不思議に思いながら、助手席に乗り込んだ。

「んじゃ、行くか」

一夜は、ハンドルを切って、車を走らせる。

一夜が大人だってことは分かっているけど、同じ教室で顔を合わせているせいか、こうして運転しているのが、なんだか奇妙な感じだった。

余裕のある運転ぶりに、なんだかキュンとしてしまう。

「や、やっぱり車内がすごく静かだね」

「ハイブリッドだしな。兄貴はこういうスマートな国産車が好きなんだ。俺なら外車の方が好きだけど」

「一夜とお兄さんは、違うタイプなんだね」

そんなことを話していると、目的地近くに着いたらしい。

京都市内とは思えない、なかなかの山の中だ。一夜は車をコインパーキングに停めて、私たちは待ち合わせ場所に向かって少し歩いた。

「……ここだな」

目の前にあるのは、鬱蒼《うっそう》とした草花に埋もれたボロボロの洋館だった。明治・大正を思わせる洋館で、建物の大半に蔦《つた》がからんでいる。

西日が差し込む中、ひと気のない洋館は異様な雰囲気をかもし出している。

「ここ、廃墟《はいきょ》の洋館？」

呆然《ぼうぜん》と見上げる私に、一夜も肩をすくめた。

「……廃墟の洋館だな」

「ねぇ、本当に、ここが待ち合わせ場所なの？」

「ああ、俺も、こんなところに呼び出されるとは思わなかったけど」

「もしかして、その町田さん、この廃墟でコッソリ生活してるとか？」

「いや、まさかだろ。ここで話したいってことなのかもな。とりあえず入るか」

私と一夜は、戸惑いながらもボロボロの柵《さく》を越えて、敷地内に入る。

まるで、カンボジアの密林遺跡のようだ。

生い茂る植物が古い洋館をのみ込んでいる。

扉が外れている玄関ポーチをくぐると、吹き抜けとなった広いホールが見える。床のタイルはあちこちはがれ落ちていて、油断するとつまずいてしまいそうだ。

剝《は》がれた壁紙。置き去りにされた大きな食器棚や、カバーが破けたソファー。モダンな半円のアーチ窓からまぶしい西日が差し込み、ほこりが舞う様子がなんだか綺麗《きれい》に見えた。

「……すごい。こんな絵に描いたような廃墟の洋館に、はじめて入った」

感動すら覚えていると、一夜が呆《あき》れたように一瞥《いちべつ》をくれる。

「喜んでる場合じゃねーよ。今はまだ夕方だからいいけど、これで日が暮れたら、ここは大変なお化け屋敷だぜ？」

「そうだね。たしかに、暗くなってほしくない。お化けは苦手」

「それにしても、町田、いねーな。面倒くさくなってテキトーな住所伝えられたか？」

「かもしれないねぇ。おーい、町田さーん」

私が声を張り上げた時、

「ここにいるぜ」

ホールに低い声が響いた。

驚いて振り返ると、壊れた窓の向こうから、町田と思われるリーゼントヘアの男が姿を現わした。

絵に描いたような廃墟もはじめて見たけど、これまた絵に描いたようなリーゼントもはじめて見た。

町田のレトロすぎるリーゼントヘアに私は噴き出しそうになり、それをこらえる。

すると彼の背後から、同じようなリーゼント集団がズラリと姿を現わした。

数は町田を入れて、五人。

なるほど、彼らが元『関西愚連隊』の連中で、『昇龍』の前の幹部たちなのだろう。

みんなリーゼントなんだね……、と思わずつぶやいてしまった。

それはさておき、彼らの目は敵意に満ち溢《あふ》れ、鎖や鉄パイプを手にしている。

すでに臨戦態勢だ。どうしてなのだろう？　彼らは、今は社会に出て真面目に働いている、暴走族卒業組という話だ。

とても友好的とは思えないギラギラした目で、ジリジリと間合いを詰めてくる。

「……ナズナ、俺の後ろに」

一触即発の雰囲気に、一夜は一歩前に出るも、私は思わず口角を上げた。

「ジョーダンでしょ」

ピリピリとした空気の中、私はスッと両手を胸の前にかざして、パンッと手を打った。彼らは一瞬、体をビクンとさせるも、それがキッカケとなった。

「よし、かかれ！」

町田が声を上げ、うおおという怒声とともに、五人のリーゼントが一斉に襲いかかってくる。

「一夜、床に手をついて屈伸して」

「屈伸？」

そうっ！　と、私は屈伸させた一夜の背に両手をつき、あん馬のようにグルンと足を回して、リーゼントたちを蹴《け》り飛ばした。狙うは顎《あご》だ。

「ガハッ」

見事に命中し、顎に手を当てて、しゃがみ込む一人のリーゼント。

私はそのまま一夜の頭側に滑るように着地して、

「一夜、行くよ」

はッ？　と戸惑う一夜の腕を持ち、勢いよく一本背負いをする。

すると一夜の体が彼らに向かって、砲丸のように飛んでいき、激突した。

「ふぎゃッ」

つぶされた猫のような声を上げるリーゼント。

私はすぐに彼らが落とした鎖を手にし、町田の背中に足を乗せて動きを封じ、その体を鎖でくくって縛り上げる。

「――って、ナズナ、俺を飛び道具に使うなよ！」

一夜は、痛そうに背中をさすりながら体を起こした。

「あ、ごめん。これね、道場で遊びでやってた『パートナー格闘術』なの」

「だけど、通用したでしょ？」

私はリーダーの町田の体を縛りあげた鎖を手に、笑みを見せる。

廃墟の床には、リーゼントたちがゴロゴロと転がっている。

「……ホント、お前は、二宮五郎さんが生み出した、傑作だな」

一夜は、しみじみと言って、腰に手を当てた。


「——で、どうして、話も聞かずに、いきなり襲いかかってきたんだよ？」

すっかり戦意喪失して、今や正座で床に座る元『関西愚連隊』たちを前に、一夜は顔をしかめながら訊《たず》ねた。

「……お前たちが、また俺たちをボコしに来たのかと思ったからだよ。結局、ボコられたけどな」

町田は、目をそらしながら言う。

「『また』って、どういうことだよ？　俺たちは初対面だろ？」

「何言ってんだよ、お前らは『昇龍』の回し者だろ？」

チッと舌打ちする町田に、私と一夜は思わず顔を見合わせた。

「いや、違うけど。それに、どうして『昇龍』のメンバーが元の幹部を襲うんだよ？」

不可解さに首を傾げる一夜の横で、私も、そうそう、とうなずいた。

「だって、みんなは先輩でしょ？」

今度は町田とその仲間たちが顔を見合わせた。

「……本当にお前らは『昇龍』の回し者じゃねーのか？」

「だから、違うって。俺は最初に言った通り、『昇龍』のことを調べていて、あんたたち元幹部にいろいろ聞きたかっただけだよ。今、元幹部と『昇龍』は敵対してるのか？」

すると町田は肩をすくめて、リーゼントの前髪をボヨンとかき上げた。

「……敵対なんて、そんないいもんじゃねぇよ。一方的にボコられて縁切りされたんだから」

「一方的に？」

「ああ、俺たちはチームを卒業したあとも、月イチとかで『昇龍』のメンバーと会っていたりしたんだ。懇親会って感じでワイワイやってたんだけど……。ある夜、いつものように会いに行ったら、突然ボコられて、『俺たちはすでに新しい時代に生きてるんだよ、いつまでも我が物顔で会いに来たりすんなよ！　旧石器時代の先輩方』って吐き捨てるように言われたんだ」

そう告げた町田に、他のメンバーも肩を落としてハーッと息をついた。

……確かに、旧石器時代並みの古さだけど、と私は小声で言う。

「それは総長が言ったのか？」

「総長じゃねぇよ。総長はその場にいなかったし、そもそもチームにいながら、誰とも馴《な》れ合わねぇから」

「それじゃあ、副総長か？」

「いや、言ったのは、幹部の一人だ。総長も副総長もその場にはいなかった」

「幹部の一人？　誰だ？」

「遊撃隊の隊長。奴はドレッドヘアで、隊員はみんな『今どきの若者風』なんだ。だからお前は間違いなく、遊撃隊の回し者かと思ってた」

町田はそう言って、一夜を一瞥《いちべつ》し、話を続けた。

「俺たちの時代は、硬派がウリの古いタイプのチームだったけど、今は草とかいろんなことに手を出しているらしくて、そういうことに口出されたくなかったんだろうな」

ふぅ、と町田は息をつく。

「……なるほどな」

草というのは、『大麻』のこと。本当に今の『昇龍』はそんな恐ろしいことに手を染めているようだ。

するとその時だ。ピピーッ、と笛の音が廃墟《はいきょ》に響いた。

「おい、お前ら、こんなところで何をやっている！　ここは私有地だぞ！」

騒がしさに誰かが通報したのか、敷地内に警官が姿を現わした。

「や、やべ、みんな逃げるぞ！」

「う、うん」

勢いよく窓から外に出て、駆け抜ける。

大変なスリルの中、元幹部への聞き込みは終わったのだけど、このときは逃げることに必死で、まだ気づいていなかったんだ。

こんな大変な思いをしたというのに、肝心の『副総長』の情報は、ひとつもつかめなかったという間抜けすぎる事実に……。

第四章　二宮ナズナ、恋の予感？

1

今朝のメニューは、トーストに目玉焼きにスープ、そしてリーフのサラダだった。

制服に着替え、準備を終えると私は、いそいそとテーブルに着き、いただきます、と手を合わせる。

「リーフのサラダなんて、お洒落《しゃれ》」

「あら、普通よ」

「うちのお父さん、サラダと言えばキャベツの千切りばかりだったから。一度、リーフのサラダを出したら、『草や葉っぱを食べるのか』なんて言ったんだよ」

父の姿を思い出し、私は口を尖《とが》らせながらそう言うと、「草だなんて」と祖母は楽しげに笑う。

草という言葉から、ふと、先日の出来事を思い出した。

廃墟で、リーゼントの男たちと戦った際のことだ。

その時の町田の言葉が、頭を過《よぎ》る。

『俺たちの時代は、硬派がウリの古いタイプのチームだったけど、今は草とかいろんなことに手を出しているらしくて、そういうことに口出されたくなかったんだろうな』

今回の事件は本当に、大麻や売春が関わっている。

気を引き締めないと、と私は真顔でスープを口に運び、「熱ッ」と口を押さえた。

「あら、ごめんなさいね。熱すぎたかしら？」

「ううん。ちょっと考え事をしてて」

あら、と祖母は目を輝かせる。

「それは男の子……恋のこと？」

私は思わず、ごほっ、とむせた。

たしかに、男——一夜に関連することを考えてはいたけど、恋とは違う。

「ううん、そうじゃなくて……。冴子さんは『昇龍』って知ってます？」

「やだ、若い女の子がラーメン屋の話だなんて、色気がないのね」

祖母は呆《あき》れたように言って息をついた。

「いえ、冴子さん、ラーメン屋の話ではないんです……」

「若いうちはうんと恋しなきゃダメよ。そして話聞かせてね」

ラーメンの匂いがする話には興味がないようで、祖母はうふふと笑う。

一応、対外的に彼氏はできた。ニセモノだけど。

ニセモノにも拘《かか》わらず、周りを信じさせるためにと、わざわざ今朝は一夜と登校することになっている。

……なんて、祖母には口が裂けても言えない。

「まあ、ナズナちゃんは恋よりも、勉強をがんばらないと格闘家にされちゃうわね」

その言葉に、私はまたむせる。

「もう、変なことを言わないで。私は格闘家になりません」

そのための探偵のお手伝いだ。事件を解決させて、その功績を称《たた》えてもらい、晴れてA組に昇格。それは、勉強をがんばるよりも、ずっと可能性がある。

そのためなら、多少の面倒も引き受けよう。

私は、御馳走様《ごちそうさま》でした、と頭を下げて立ち上がった。

食器を片付けて、いつものように自転車に飛び乗り、サイクリングロードを北西に向かって、軽快に漕《こ》いだ。

2

「ナズナちゃん、今朝、樋口と登校してたよね？　本当につきあってるの？」

授業中。

隣の席の可愛らしい男子・千尋が、ぼそぼそと小声で訊《たず》ねてきた。

えっ？　と私が顔を向けると、千尋は、少し心配そうな目を見せている。

今朝、一夜と登校した時は、結構な騒ぎになっていた。

廊下ですれ違う女子たちが、睨《にら》んできて大変だったのだ。だというのに、一夜はそんな彼女たちを触発するように、私の肩を抱いて引き寄せていた。

あの男は少し、私の立場を分かってほしい。

「……う、うん、まぁ、一応」

ぎこちなくうなずくと、千尋は深いため息をついた。

「こんなこと言うのはアレだけど、あいつはやめておいた方がいいと思うな。繁華街とかをよく歩いてるらしいし……ナズナちゃんには合わないよ」

なるほど。一夜に女がたくさんいるという話はこうして広まっているわけだ。

「うん、忠告ありがとう、河合くん」

「河合くんかぁ……もし良かったら、僕のことは『ちーくん』って呼んでよ」

「ちーくんはないでしょ。それなら千尋でいいよね」

「あっ、サックリ拒否られた。でも、ナズナちゃんのそういうところいいよね。うん、千尋でいいや」

嬉《うれ》しそうに笑う千尋の笑顔が、また可愛らしい。もしかして、女の私より愛らしいんじゃないかと思うと、少し悔しくなる。

「ねっ、ナズナちゃん、今日のお昼、屋上で一緒にお弁当食べようよ」

昼はまた一夜と一緒に食べながら、打ち合わせするのだろうか？

でも約束はしていない。けど、一応対外的には『彼女』だから約束してなくても、他の男子とお弁当を食べるのは良くないのかな？

「やっぱり樋口に怒られちゃう？」

「ううん、まさか。一緒にお弁当食べよう」

咄嗟に言うと千尋は「やったぁ」と小声で言って、嬉しそうに目を細めた。

その笑顔に、思わずキュンとしてしまう。

やだ、この子。隣の家にいたチワワみたい。隣といっても十メートルくらい離れてて、しかも飼い主の男が私に怯《おび》えてたから、触れることもできなかったんだけど。散歩させている姿を遠目に『可愛いなぁ』と思っていた。

遼太郎といい千尋といい、悪意の目にさらされ続けて荒《すさ》んでしまった私の心を癒《い》やしてくれるなぁ。

それに引きかえ、あの男は！

また今朝のことが頭に過り、チッと舌打ちをすると、遠くにいたプリ男が身体をビクンと震わせた。


午前の授業終了を知らせる鐘が響くと同時に、隣の席の千尋が、張り切った様子で席を立った。

「さっ、ナズナちゃん行こうか」

私も、うん、とうなずいて、ランチボックスを手に立ち上がる。

そんな私たちの姿に、クラスメイトがキョトンとしてこちらを見た。

「あれー、ナズナちゃん、浮気か？」

「樋口ピンチじゃね？　って、樋口はドコ行ったんだ？」

そんな声をスルーして教室を出て、屋上までの廊下を歩いていると、今度は廊下にいた女生徒たちが仰天したように私たちを見ては、振り返った。

「ちょっと、今度はあの女、河合クンと歩いてる！」

「なんなの？　あのイケメン喰《ぐ》いっぷり。ムカつくー」

　女子たちが露骨に聞こえるような声を上げる中、呆然《ぼうぜん》と立ち尽くす遼太郎の姿もあった。

「……千尋も人気があるんだね」

「えっ、僕に人気なんて」と千尋は笑う。

　これはもしかしたら、面倒くさいことを引き受けてしまったかもしれない。

「そういえば、屋上になんて行けるの？　前の学校は、屋上に出る扉には、鍵《かぎ》かかってたんだよね」

「うん、この学園も鍵はかかってるんだけど、東校舎端の階段ドアの鍵が壊れてて入れるんだ。知ってる人少ないけどね。それをいいことに、たまにイチャついてるカップルとかいるけど」

　へぇ、と相槌《あいづち》を打ちながら階段を上りきり、屋上に続く重めの扉を開けると、青空が広がっていた。

「うわあ、気持ちいい」

　今まで学校の屋上に出たことがなかったから、こうした光景ははじめてだ。

　広がるグラウンドの向こうには、高い塀が見える。

　塀は閉鎖的でどうかと思うけど、やっぱり気持ちいい。

「ここいいでしょう？」

「うん、最高。どうして、こんなに快適なのに、貸し切り状態なんだろうね？」

「花粉の時期だからじゃないかな。僕は花粉症デビューしてないから平気だけど。ナズナちゃんは大丈夫？」

「北海道にはスギ花粉がほとんどないから、花粉症の人も少ないの。白樺《しらかば》とかポプラに反応する人はいるみたいだけど」

「白樺にポプラかぁ、『北海道』って感じだね」

「でしょう？」

　和気あいあいと話しながら、日当たりのいい壁際に座りお弁当を開いた。

「北海道行ってみたいな。オススメの場所とかある？」

「あるある、いっぱいあるよ。地元のひそかな自慢は『青い池』かな」

「地元って、富良野の？」

「正確には美瑛ってところでね、そこに真っ青で綺麗《きれい》な池があるの。もう空の青より青い、奇跡のような美しさなの」

「奇跡のように美しいって、なんだかすごいね。その青い池の名前はなんていうの？」

「名前は『青い池』っていうんだよね」

「そのまんますぎ！」

　そうなんだけど、と二人で笑い合っていると、

「おーおー、仲良しだね～」

冷やかすような声が響いた。

うん？　と顔を上げると、私たちは取り囲まれていた。

絵に描いたようなヤンキーばかりだけど、二年E組の生徒ではない。どれもはじめて見る顔で、どうやら三年生のようだった。

「ナ、ナズナちゃん、どうしよう」

千尋は、オロオロしながらチワワのように震える。

ええと……本当にどうしよう。

「ガキのクセにここに来るなんて生意気だな」

嘲笑《ちょうしょう》を浮かべながら吐き捨てるように言った彼らに、私は眉《まゆ》をひそめた。

「もしかして、下級生は屋上を使っちゃいけないって、暗黙のルールでもあるの？」

「ここは別名『屋外ラブホ』って呼ばれてるんだよ。ご休憩一時間様ですか？」

「五分だろ？」

ヤンキーたちがギャハハと笑い、デジカメを出した。

「カップルがヤッてたら撮るつもりだったけど、この女みたいなガキはいらねーな」

ヤンキーは千尋の襟をつかんで、屋上から追い出した。

「ナズナちゃあん！」

千尋の悲痛な声が、非常階段に響く。

私にとっては好都合だよ、ありがとう。

ゆっくりと立ち上がってヤンキーたちを見回した。

「で、あなたたちは『昇龍』なわけ？」

「見りゃわかるだろ。さっ、撮影会を始めようか、お嬢さん」

男たちはニヤニヤと顔を歪《ゆが》ませながら、歩み寄ってきた。

やっぱり『昇龍』なんだ。

さて、どうしたものか。探偵をしていることも含めて、これ以上、自分が強いことを広めたくないから、なるべく暴れずにこの場を回避したい。

走って逃げるにしろ、腕をつかまれたりするだろうし、そうしたらブン投げてしまいそうで嫌だ。とはいえ、この状況を回避するには、蹴散《けち》らすしかないんだろうな。

気が進まないけど、と私は息をつき、

「大事なハジメテをこんな風に奪われちゃたまったもんじゃないしね」

暴れようと拳《こぶし》を握りしめたそのとき、ヤンキーたちは「おっ」と目を輝かせた。

「こいつ処女だってよ。高い値がつくんじゃねぇ？」

「ああ、顔もそこそこ可愛いし処女となったら、破格の値は間違いなしだな」

「副総長が喜ぶぜ」

口々に言うヤンキーたちに、私は「ん？」と眉を寄せた。

よく分からないけれど、悪だくみをしているのはたしかだ。

もしかしたら、副総長に辿《たど》り着けるかもしれない。

「わ、私をどうするつもり？」

計画を変更して、私は怯《おび》えた素振りを見せてみる。

「大人しくしてりゃ怪我しないですむからな。傷つけたら値が落ちるかもしれねーし」

ヤンキーの一人が内ポケットから手錠を取り出して、私の両手にはめた。

手錠ね。脚が動くから、なんとかなりそうだけど。

ぼんやり手錠を眺めていると、突然後ろから大きな麻袋をかぶせられて米俵のように持ち上げられ、運ばれ始めた。

嘘でしょう？

「よし、副総長に連絡しろ。いい商品を用意したってな」

予想通り、このまま副総長の許《もと》に運ばれるようだ。

一夜に連絡できないのが残念だけど、もしかしたら、このまま事件を解決に導けるかもしれない。

それにしても、麻袋に詰め込まれて、エンヤコラとどこかに運ばれる。こんな昔話があったような気がする。そうだ、『猿地蔵』だ。おじいさんがお地蔵さんに変装していたら、サルたちにかつがれて運ばれるっていう。あの時のおじいさんはこんな気持ちだったんだろうか？

……普通の女子高生はヤンキーに手錠かけられて麻袋に詰め込まれて運ばれている時に、こんなのんきなことを考えないんだろうけど。

自分が普通ではないのを実感して落ち込みかけるも、でも今の私は探偵だ、と気を取り直す。しかも一気に事件を解決させようとしている、敏腕探偵。いや、本当の敏腕探偵なら、どう曲がって、どこへ向かうのか頭の中で推理するものだろうけど、昔話のことを考えてて、ちっとも気に留めてなかった！

敏腕とは……、と落ち込みかけていると、ガラリと引き戸が開いた音がした。

まだ校舎の中。どこかの教室に入ったようだ。

などと今さらながら推理していると、床に下ろされて麻袋から出された。

てっきり、勢いよく床に落とされることを覚悟していたけれど、思いのほか優しく下ろされて拍子抜けだ。

視界が明るくなって目に入ったのは、普通よりも少し広めの教室だった。転校したばかりだから学校に詳しくなくてよく分からないけど、雰囲気としては、ＰＴＡを呼んで何かの説明会を開くときに使われそうな教室だった。

「どうですか、副総長。これで処女です、なかなかの上玉でしょう」

ヤンキーは手柄を褒めてくれという様子で、鼻息荒く報告した。

『……そうだな』

どこからか奇妙な声がする。

私は息を呑《の》んで、顔を向けた。

この声の主こそ悪名高き、諸悪の根源——副総長だ。

てっきり、パイプ椅子にふんぞり返るようにして座っているに違いない。そう思っていたのに、そこには、一台のタブレットがあるだけだった。

画面には、一輪の薔薇《ばら》の画像が映されている。

『お前らにしては、いい仕事をしたな。報酬は弾んでおこう』

画面の向こうから、低い声が届く。

「あざーす！」

ヤンキーたちは嬉《うれ》しそうな声を上げて、パソコンに向かい、頭を下げる。

パソコンカメラの向こうにいる副総長に尊敬と畏怖《いふ》を持っているのを感じさせた。

これじゃあ、正体がつかめないじゃないか。

『商品を裏から車に運び込め』

画面から届く指令の声。それは、ドキュメント番組で聞くような、加工した声だ。

だけど私はこの声の主を知っている気がする。話し方に覚えがあるのだ。

誰なんだろう、と必死に知り合いを思い返すも、ピンとくる者はいない。

その間にも、ヤンキーたちは再び麻袋の用意をしている。

さて、どうしようか。普通の子のふりをして、廊下に出たとたん『助けて』と叫ぶか、この場でこいつらを蹴散らすか、おとなしく拉致《らち》されるか――？

「……わ、私はこれからどこに連れていかれるの？」

私は、引き続き怯えた振りをして聞いてみる。

「安心しろよ。おとなしく言うこと聞いてりゃ、ちゃんと家に帰してやるから」

「客に一発ぶち込まれたら、それでおしまいだよ」

「ただ、これからも稼いでもらうけどな」

彼らはギャハハと笑う。あまりの下品さに、怒りを通りこして震えがくる。

「おいおい、震えてるのか？」

「大丈夫、大事な商品、壊しやしないぜ。たまにヘンタイもいるけどな」

暴れ出したくなるのを必死でこらえた。こうなったら、大人しく拉致されて、諸悪の根源を叩《たた》き潰《つぶ》してやる。

3

――お父さん、フランスで元気にしてますか？　きっとお父さんのことだから、どこでも暑苦しいほどに元気にしていそうだね。

私？　私は元気だよ。

今は、学校の不良たちに拉致されて、何やら不良たちのたまり場としてありがちなボロくて大きな倉庫に連れてこられました。

手錠をされていましたが、手首が傷ついたら商品価値が下がるとはずされて、今はしなやかな布で拘束されています。

ご心配なく、手が使えなくても脚は使えますから。ただ、人数がやっかいかな？

などと、呑気《のんき》に思っている場合ではないのかもしれない。

私は、壁際に背をもたれて座りながら、倉庫にたむろしている不良たちを見る。

倉庫は一見したところ、小さめの体育館くらいだ。

雑然と積み上げられた段ボールに、古いタイヤ、ドラム缶も見える。剝《む》き出しの鉄筋コンクリートの天井からは鎖が垂れていて、奥にはバイクが並べられていた。

不良たちは、どこからか寄せ集めてきたのであろうボロボロのソファーに座って、タバコをふかしながら、いつものように下品に笑っている。天井から垂れた鎖につかまって遊んでいる輩《やから》もいた。その姿はまさにサルだ。

中央のソファーにドッカリと座って、偉そうにしているのがドレッドヘア。

おそらく、あの男が、プリ男の言ってた遊撃隊の隊長だろう。

ボスザルってところね、と私は小さくうなずく。

ドレッドヘアは、ふーっ、と煙草の煙を吐いて、部下たちを見た。

「女はなんとか調達できたとして、バイクの方は手配できたのか？」

「ノルマは達成したっす」

「あと数台パクってこいよ。その分は遊撃隊で使わせてもらおうぜ」

「副総長には？」

「それは黙ってよーぜ」

「隊長、すげ、悪い顔」

「だろ？」

彼らはそう言って、ギャハハと笑う。

「…………」

どうやら、彼らは女子高生売春の斡旋《あっせん》にバイク盗難・横流しもしているようだ。

そういえばプリ男が、遊撃隊の主な仕事は『資金調達』だと言っていた。まさに、悪の巣窟《そうくつ》というわけだ。

ここにいるメンバーは金髪やピアス、ダボダボの服と、暴走族というよりギャングっぽい雰囲気だ。

アジトまで来たら、私のように拉致された女の子を見つけられるかと思ったけど、女の子の姿はなくて、いるのはヤンキーばかり。

十八人くらいかな。少し多い。手首を拘束された状態で、二ケタ人数の男たちを相手にするのは、さすがの私にも厳しい。

逃げ切るだけならなんとかできそうだけど、それじゃあ、何のために拉致されたのか分からない。とりあえず、何か証拠をつかめたら。

「おっ、処女の写メを見たサラ金屋の社長から二十万出すってメールが来たぜ？」

「待てよ、女子高生大好きなオタクＩＴ社長が五十万出すってよ。すげーな」

「そしたらお前に五千円やるからな、お嬢ちゃん。良心的だろ？」

ドレッドヘアは、私を見て、ニッと笑う。

どんだけピンハネしてんだよ、と私は怯《おび》えた振りをしながら、心で突っ込んだ。

でも、なるほど。こうして、顧客にオークションさせるわけだ。

これが恐ろしい犯罪だって、ちゃんと理解しているんだろうか？

腹の底から熱い怒りがこみ上がってくる。こらえて、こらえて。とりあえず、変態オヤジの許《もと》に連れていかれたら、証人として縛り上げよう。

そう思っていると、

「大変だ！」

隊員の一人が、血相を変えて倉庫に飛び込んできた。

「どうした。サツか？」

「違います！　どうやって嗅《か》ぎつけたのか、今ここに向かってるんです！」

その言葉に、私の心臓がバクンと跳ねた。

もしかして一夜がここに？

特に頼りにもしてなかったし、期待もしてなかったけど、私を心配して助けに来てくれるって、ドラマみたいじゃないか。

「早く逃げましょう、ここに着いちゃいますよ……総長が！」

下っ端の隊員がそう声を上げた瞬間だ。倉庫の扉が乱暴に開けられた。

銀髪の男が、姿を現わした。

「お前らいったい何やってんだよ？」

木刀片手に、怒りに顔を歪《ゆが》ませている。

「そ、総長！」

即座にヤンキーたちの顔が蒼白《そうはく》となる。

私も驚きに言葉が出ない。

いや、だって、めちゃくちゃ美形だよ、総長！

少し長めのウェーブがかった銀髪に、凜《りん》としたクールな顔立ち。白い特攻服からのぞく筋肉質な胸板にはサラシが巻かれ、まさに狼を思わせる鋭い眼光でヤンキーたちを睨《にら》みつけていた。

ヤンキーたちは彼の登場に、腰を抜かさんばかりの勢いで驚いている。

「そ、総長、そんな怖い顔してどうしたんすか？」

今までふんぞり返っていたドレッドヘアが、急にへりくだった態度でヘラヘラと笑みを浮かべた。

次の瞬間、総長の拳《こぶし》が炸裂《さくれつ》し、ドレッドヘアは気持ちいいほどに宙を舞った。

思わず「やるじゃん」と私の口から声が漏れる。

銀の総長は拘束されている私をチラリと見て、木刀を床に叩きつけるように振り下ろした。

「これがどういうことか説明しろよ、お前らぁ！」

空気がビリビリするほどの迫力に、ヤンキーたちは畏縮《いしゅく》している。

私も気圧《けお》された。本当にすごい迫力だ。恥ずかしい通り名だと思っていたけど『シルバーウルフ』は伊達《だて》じゃない。

「あ、あんたはもうずいぶん前から、ただのお飾り総長だったんだよ。今や『昇龍』は立派なビジネス組織なんだ。ちょうどいい機会だ。ここで本当のトップを決めようぜ」

殴られたドレッドヘアはよろけながらも、ナイフを手にユラリと立ち上がった。

周囲に緊張が走る。

「お前ら、手を出すなよ。『伝説の総長』なんて尾ひれがついただけのこと。その証拠に、殴られた俺はこうして立ち上がってる。今、俺がその伝説とやらを塗り替えてやるよ」

その言葉に対して、総長は無言で立ちつくしたままだ。

「構えようともしないなんて、隙だらけもいいところだな」

ドレッドヘアは、くっ、と笑う。

総長が最初に殴った時、明らかに加減をしていた。一発で失神させては事情を聞けないからだろう。今も、あいつには『隙だらけ』に見えているようだけど、そうではない。

私には、一分の隙も感じられない。

総長の体から出る、青白いような怒りのオーラに圧倒される。

「俺はなぁ、前々からお前のことが気に喰《く》わなかったんだよ！　イケメンだからって調子こいてんじゃねーよ！　何よりなぁ、なんだ、そのキレーな髪はよぉお！」

おい、なんだ、その嫉妬《しっと》まる出しの私怨《しえん》は……。

「その面、ギッタギタにして、髪も刈ってやるよ！」

ドレッドヘアは、ナイフを手に大きく振りかぶって襲いかかる。

総長は、パンッ、と、すばやくその右手を掌《てのひら》で払いのけ、肘《ひじ》をうなじに叩《たた》きつけた。

ぐはッ、とドレッドヘアは、そのまま、床に突っ伏す。

もう意識を失っているようで、床の上で体をピクピクと小刻みに震わせていた。

これぞまさに、瞬殺。

なんて無駄のない動きだろう。閃光《せんこう》のようだった。

まさに、『秒』で倒された隊長を前に、遊撃隊員は恐れをなしたものの、隊員の一人が、やけくそのような声を上げた。

「や、奴は一人だ、構わねぇ、やっちまえ！」

弱い人間ほど追いつめられると、こうやって逆ギレして牙《きば》を剥《む》くもの。

その声を合図に倉庫にいた男たちが総長に向かって「うおおお」と声を上げて襲いかかった。

しかし、総長は強かった。木刀で数人の男たちを蹴《け》散《ち》らしたあと、前から後ろから襲いかかってくるヤンキーたちの攻撃をかわしつつ、アッという間に倒していく。

白い特攻服と銀の髪が、なびく。

　暴走族なんて、まったく興味のないカテゴリだったけど、この総長はカッコイイ！

　思わず、見惚《みと》れながら彼の戦いぶりを眺めていると、総長の背後に鉄パイプを手にした男が構えているのが私の目の端に映った。

　あの位置は、総長にとっては死角のはずだ。

『総長、危ない！』

　そんな声が出る前に、私は立ち上がり、拘束されたままの両手で天井から垂れている鎖をつかんで勢いをつけ、その男に飛び蹴りを喰らわせていた。

「ッ!?」

　吹っ飛ぶ男の姿を見て、総長やヤンキーたちが目を丸くしてこちらに注目する。

　ああ、やってしまった。でも、いい。どちらにしろスパイ大作戦は終了。手首を拘束されていたって、十分戦える。

「総長、後ろはまかせて！」

　彼の背中に回って、ヤンキーたちの脚を払って床に倒し、その上に膝《ひざ》を喰らわせた。

「……ずいぶん面白い女を拉致《らち》したもんだな、お前たち」

　総長は少し可笑《おか》しそうに笑いながら、ヤンキーたちを殴り飛ばす。

　これが噂に聞く『おもしれー女』という台詞《せりふ》ですか！

　私は迂闊《うかつ》にもときめきながら、ヤンキーに向かって踵《かかと》を落とす。

気がつくと、――本当に気がつくとだ。倉庫にいたヤンキーたちは床に積み上げられ、少しでも意識を取り戻した者たちは、必死の形相で逃げ出していた。やはり烏合《うごう》の衆。

だけど、楽勝だったわけではない。手首を縛られたままの格闘は結構疲れる。

私は縛られたままの手で、額の汗をぬぐった。

「悪かったな」

その声に少し驚いて顔を向けると、総長が木刀を床に置いて、こちらを見た。

わざと拉致られてきたから謝られるのも変な気がする。けれど、そもそも、この人の監督不行き届きが問題だ。

「手、出せよ。ほどくから」

素っ気ない言葉を受けて、私は「あ、うん」と縛られた手首を前に出した。

総長はガッチリと縛られた布に苦戦し、チッと舌打ちする。

「ずいぶん、ガッチリ縛ってやがるな。ちょっと座れよ」

私は壁にもたれるように体育座りをすると、総長は立て膝で座り込み、固く結ばれた布を解《ほど》こうとする。そのぎこちない手つきを見ながら、「総長って不器用なんだね」と笑うと、彼は「うるせぇ」と眉《まゆ》を寄せた。

「そもそも、俺は総長失格だ」

総長は悪事には関与していないという話だった。事実を知った今、彼は少なからずショックを受けているのだろう。

「……本当に、何も知らなかったんだ？」

小声で訊《たず》ねると、総長は苦笑した。

「馬鹿みてーにバイクで走って、たまに喧嘩《けんか》売られたら買うだけだと思ってたんだ。族なんて良く言われるわけもないし、悪い噂を耳にしても尾ひれがついてる程度にしか思ってなかった。俺の知らないところで、まさかクスリや売春なんかするまで発展してたなんて」

総長は、はぁ、と重い息をつく。

「どうしてそれがわかったの？」

「……突然、『T』って奴から俺のケータイにメールが届いたんだ。『昇龍が倉庫に女を拉致して売春させようとしてる』って。あと、『昇龍』の悪事について長々とな」

「そのTって？」

「知らねー。見たこともないアドレスだよ。半信半疑で来たらガチだったんだからな」

「そっか……」

それは、ショックだったに違いない。でも、『T』って、誰なんだろう？

「やっと解けた。ったく、あいつらガッチリ縛りやがって」

「ナイフで切ってくれたら良かったのに」

「不器用な俺が間違って手首を傷つけたら大変だろ」

その言葉に、私の頬が緩む。

この人はパワーを持て余しているだけで、悪い人ではないのだろう。

「……それはそうと、お前は大丈夫だったか？　あいつらに何かされたか？」

総長が、心配そうに顔を覗《のぞ》いてくる。

ぞくりとするほどの美形に、ごくりと喉《のど》が鳴った。

「まぁ、あの強さだったら、大丈夫か」

つけ加えられたその言葉にはカチンとくる。

「大人しく捕まるようなタマじゃねーだろうに、どうしてこんなことになってる？　薬でも嗅《か》がされたか？」

その時だ。勢いよく倉庫の扉が乱暴に開かれ、血相を変えた一夜が姿を現した。

「ナズナ、無事か！」

「一夜……」

一夜は、額に汗を滲《にじ》ませ、息を弾ませている。

ちょっと来るのが遅いけど、助けに来てくれたのは嬉《うれ》しい。

少し感激していると、一夜は総長を見て目の色を変えて、拳《こぶし》を振りかざした。

「何してやがる、このヤロー」

「違うの、一夜！」

総長は私を助けてくれただけだ。一夜が殴りかかっても、あの強さなら返り討ちにされちゃうよ。

焦りながらそう思うも、総長は抵抗することなく一夜に殴られた。

頬を殴られて、総長の口端は血が滲む。

「カレシの登場か。じゃあ俺はこれで」

総長はそう言って、そのまま背を向けた。

「ちょっと待って、総長。名前はなんていうの？」

その背中に向かって訊ねると、私に、彼はゆっくり振り返り、

「……龍《りゅう》」

わりとイメージそのままの名前を告げた。だから、シルバーウルフという異名を持っていても、『昇龍』だったんだ、と納得する。

「龍、ね。また会いたい、どうやったら会える？」

「さあな。一乗寺《いちじょうじ》あたりを歩いてたら会えるかもな。そんじゃ、俺はまだ片づけなきゃなんねーことがあるから失礼するわ」

シルバーウルフこと龍は、木刀を手に颯爽《さっそう》と倉庫を出ていった。

第五章　二宮ナズナ、揺れ動く!?

1

「それで、凄《すご》かったの。右から来る敵に回し蹴《げ》りして、そのまま、後ろから襲いかかる敵を殴りつけて。あの動きときたらね」

　翌日の土曜日。渡月橋近くの喫茶店で大盛りパフェを食べながら、昨夜の出来事を熱く語っていると、一夜は呆《あき》れたように一瞥《いちべつ》をくれる。

「それはもう耳にタコってくらい聞いた。しかし勝手に潜入捜査を気取って拉致られたりするなよ。無事だったから良かったものの」

「私こそ耳にタコ。もう謝ったじゃん」

「お前、全然反省してねーな。自分の強さを過信してるといつか痛い目見るぞ」

「…………」

それ言われると、弱い。私は確かに、自分の強さを過信しているところがある。

「そういえば、一夜はどうして私が拉致されたのを知ったの？」

「河合が泣きながら教えてくれたんだよ。ったく、マジで血の気引いたし。……まぁ、総長は噂どおり、少しはマトモな男だったな」

息を吐き出しながらつぶやく一夜に、私は、うん、とうなずいた。

「どうして、大人しく一夜に殴られたんだろう？」

「……詫《わ》びのつもりだったんだろ？　総長としての」

「龍はまったく関与してなかったのにね」

「んだよ、アイツの話ばっかだな」

「なんで怒るの？」

「別に怒ってねーし」

「そう？　それはそうと、これから『昇龍』はどうなるのかな？」

「まあこうなったら、解散だろうな。ただ、問題は黒幕の副総長だ」

「そうか、結局誰だったんだろう？　ゆうべ倉庫にいたのかな？」

「いねーだろうな。部下にすらとことん姿を見せてないくらいだ」

「……あたりまえの話だろうけど、龍なら副総長が誰かってこと知ってるよね」

私が身を乗り出すと、一夜は、ああ、と頭をかく。

「だから、これからアイツが言ってた一乗寺周辺を捜すつもりだよ」

「それじゃあ、私も行く」

「言うと思った。別にいーよ、来なくて」

「いいよ。それじゃあ、一人でも捜すから」

「仕方ねえな。いっしょに行こーぜ」

一夜は、不本意そうに言って立ち上がる。


一乗寺というのは、京都市の北東に位置しているようだ。

比叡山《ひえいざん》がよく見えて、峠を越すと滋賀県らしい。

中心部から離れているので、ここも京都っぽさはない。だが、独特の情緒がある。

「にしても、『一乗寺あたり』って、アバウトだよね」

私は、一夜と共に一乗寺をぶらぶらと歩く。

『一乗寺あたりを歩いてたら会えるかもな』

龍はそう言っていたのだ。

もしかしたら、居場所じゃなく、何かを伝えたかったのだろうか？　シルバーウルフと呼ばれる、『伝説の総長』というくらいだ。さりげなく残したあの言葉に、深い意味を持たせたのかもしれない。

真剣にそんなことを思って歩いていると、ラーメンのいいにおいが鼻をかすめた。

「あ、ラーメンの匂い。なんだかお腹がすいてきた」

目を細める私の横で、一夜が『やれやれ』とため息をついた。

「あんなに大盛りのパフェをガツガツ食っておいてよく言うよ」

「あれはスイーツであって食事じゃないもん。それにもうお昼すぎだよ？」

「まあな。一乗寺はラーメン店が多いことでも知られてるんだ。もう少し捜したら、そこのラーメン屋に入るか。美味《うま》そうな匂いしてるし」

うん、と、そのラーメン屋に掲げられた看板を見て、私たちは動きを止めた。

「美味《おい》しいラーメン　昇龍」

「…………」

私たちはしばしの間、黙り込む。最初に口を開いたのは、私だった。

ちらりと一夜を見て、訊《たず》ねる。

「まさか、だよね？」

「ああ、偶然だろ？」

「でも、一応覗《のぞ》いてみる？」

「そうだな、とりあえずな」

恐る恐るラーメン屋の引き戸を開ける。

「へいらっしゃい！」

頭にタオルを巻いてラーメン作りに励んでいる龍の姿が目に入り、

「マジか！」

と、私たちは、声を揃えた。

龍は、私たちを見るなり、ああ、と反応する。

「あんたらか。迷惑かけたお詫びに奢《おご》るから、カウンター座れよ」

「あ……うん」

ギャップがあり過ぎて、突っ込みどころ満載だ。

けど、とりあえずは……。

「食べようか」

私たちはカウンター席に並んで座った。一夜は、私以上に驚いたようで、今も呆然《ぼうぜん》としている。

「親父、カウンター、昇龍スペシャル二つ！」

「おう、昇龍スペシャル二丁な」

厨房《ちゅうぼう》では、私の父に負けないほど、強面《こわもて》の親父がドスの利いた声を上げていた。

おそらく龍のお父さんだろう。それにしても一体どういうことよ。

戸惑っていると、『昇龍スペシャル』が目の前に出てきた。

食欲をそそる美味しそうな匂い。醤油《しょうゆ》ベースの豚骨ラーメンで、チャーシューや煮卵、メンマにネギに海苔《のり》といったトッピングがてんこ盛りだ。

私と一夜は目配せをして、割り箸《ばし》を手にズズッとする。

「うまっ！」

再び私たちの声が揃った。

2

「――まさか、さっそく会いに来るなんてな」

食べ終えた私たちは、龍と共に店の裏手に回った。

龍は、しゃがみ込んでタバコを口に咥《くわ》える。

「タバコはダメでしょ」

「それはすみませんね、おじょーさん。でも、俺はもうコーコー生じゃねーし、自分で稼いでるんだからいいだろ？」

「未成年だからって言ってるんじゃないの。カラダに悪い」

「わざわざ、説教しに来たのかよ」

龍は、タバコを箱にしまって、くっ、と笑う。

「違うけど。でも、驚いた。まさか『昇龍』ってラーメン屋さんやってるなんて」

「オヤジの店を手伝ってるだけだけどな。チームの名前を変えようぜってなった時に、名前考えるの面倒くさいから『昇龍』でいいだろって俺が言って、そのまま族の名前になったんだ」

……なんて安易、と私と一夜は、顔を引きつらせる。

「で、なんの用だよ？」

そう問うた龍に、一夜が口を開く。

「……『昇龍』の悪事のすべては副総長のしわざだ。でも、その副総長について知ってる奴がいない。お前は知ってるんだろ？」

「金《きん》が？」

「キン？」

「俺はそう呼んでる。金髪で金糸の特攻服を着てるからキン。でも、俺もキンの本名も顔も知らねーよ」

「顔も知らないってどういうこと？　いっしょにバイクで走ってたんでしょう」

「ああ、でもあいつ、いつもグラサンにマスクだしな。そんな奴も多いから誰も気に留めてなかったけど。だいたいメンバーのフルネームなんてみんな知らねぇし」

信じられない。夜にグラサンって危ないだろ。って、そこじゃないか。

「……キンの背《せ》恰好《かっこう》とか、特徴は？」

「身長は、俺よりも少し低いくらいで、体形は細身だったな」

「それだけじゃあ……。ねぇ、龍は副総長と個人的に会ったりしてなかったの？　だって総長と副総長だったわけだし、チームについて話したりとかしなかったの？」

「俺は基本的に走ることと売られた喧嘩《けんか》を買うくらいしかキョーミねえし。いつの間にか周りの奴らが、キンのことを『副総長』って呼んでたんだよ。どうでもいいから放っておいたけど。ホント、組織のこととかどうでも良かったんだ」

「……アバウトだね」

「だな。そのせいで、こんなことになっちまった」

龍は髪をかき上げながら、息をつく。

切なげな表情だ。今回のことで、龍は苦しい思いをしたんだろう。

私が何も言わずにいると、一夜が面白くなさそうにチッと舌打ちした。

「反省してるなら、副総長に関することをなんでもいいから思い出して教えろよ」

「そうカッカすんなよ、カレシ。……そうだな、走り方が変だったな。たぶんかなりの運動オンチじゃねーかと思った」

「走り方が変？」

「ああ、女走りみたいな変な走り方で。こんな感じ」

龍は『欽《きん》ちゃん走り』を少し内股《うちまた》にさせたような走り方を再現した。

「って、うまく真似できねーけど。あと、俺は直接知らないけど、かなりヒステリーらしい。ストレス溜《た》まってて族に入ったんじゃねーかって話してる奴がいたな。あとは……ホント悪いな、今は思いつかねぇ。思い出したら知らせるよ」

「ああ、頼むよ」

一夜はそう言って名刺を渡した。

「へえ、あんた探偵だったんだ？」

「ああ、桜花の理事長に頼まれて、高校生のふりをして潜入捜査してる」

一夜は、アッサリと自分の正体を告げたので、少し驚いた。

「それじゃあ、強いカノジョも探偵か？」

「ううん、私は普通の高校生で手伝ってるだけ」

すると龍は眉《まゆ》を寄せて、一夜を睨《にら》みつける。

「いくらカノジョが強くてもスパイとして送り込むような真似すんなよ」

「まさか、送り込んでねーよ。うちのカノジョは勝手に行動しがちで。今度はちゃんと目を光らせておく」

一夜はそう言って、私の肩に手を回した。

なぜか二人は、火花を散らすようにバチバチと睨み合う。

「話はそれだけだ。それじゃあ、ナズナ、行こう」

踵《きびす》を返す一夜に、私は「うん」と後を追う。

「ナズナ、か。……またな」

龍が、少し楽しげな笑みを浮かべて、片手を上げていた。

3

週が明けるころ。部下の悪事に総長がキレて『昇龍』が解散したというニュースは、ジンワリと生徒の間に広まっているようだった。

それに伴い、学園内における『昇龍』の脅威も薄れつつある雰囲気で……。

「もしかして、これって一気に問題解決なのかな？」

学校に向かい歩きながら尋ねた私に、一夜はかったるそうに欠伸《あくび》をした。

「元凶を叩《たた》いてないから意味ねーよ」

「副総長ね」

「そうだ。副総長は、『昇龍』という組織を利用していただけだ。万が一その犯罪が明るみに出たとしても自分は逃げられるわけだしな」

「卑怯《ひきょう》なやり方」

「……これからが正念場だな。お前の拉致《らち》事件のことを思い返してみても、校内に深く立ち入ってることから、やっぱりうちの生徒で間違いはないと思うんだけどな」

「うちの学校の生徒に金髪はいないらしいから、ヅラをかぶってるってことだよね？」

「女子がヅラっていうなよ、ヘアウィッグと言え」

「あ、そうか」

そんな話をしながら校内に入る。

「来た来た、男好きのバカ女が」

「男はバカな女の方が好きなのかしらね」

向けられるのは一夜ファンの女の子たちからの冷たい視線。月曜の朝からまたテンションが下がる。これにも慣れつつあるけど。

やれやれ、と、上靴にはき替えていると、遼太郎が駆けてきた。

「ナ、ナズナくん！」

「ああ、遼太郎、なんだか久しぶり」

「『昇龍』に拉致されたって噂を聞いたんだが、それは本当なのかい？」

いつの間にか、そんなことが知れ渡っていたんだ。遼太郎に心配かけたようだ。

一生懸命駆けてくる姿がまた、犬の遼太郎を彷彿《ほうふつ》とさせる。

「大丈夫、総長に助けてもらったから。それよりそんな変な走り方じゃ転ぶよ」

運動神経のなさが走り方にあらわれてる。もっと膝《ひざ》を使えばいいのに。

――ん？

ふと、龍が言っていたことを思い出す。副総長の特徴のひとつは『変な走り方』だったのだ。今の遼太郎の走り方は変だった。

「遼太郎、ちょっとこっちについてきて、急いで！」

確かめたい、と私は全力で廊下の突き当たりまで走り、振り返った。

「な、なんだい？」

ハアハアと息を切らしながらついてくる遼太郎の走り方は、龍の再現とは違っているけれど、変な走り方には違いなかった。

もしかして、遼太郎が副総長？　そんなまさかだよね？　だって、この真面目で優等生な遼太郎が副総長なんてありえない。でも、身長は龍よりも低く、細身だ。

「ど、どうかしたかい？」

いや、ただの偶然だろう。走り方が変というだけで副総長と決めるのは乱暴すぎる。

そのとき、予鈴が鳴り、

「あ、時間が来てしまったね。君が無事ならそれでいいんだ。しかし君を助けたのが彼氏の樋口ではなくて、総長だったとは。樋口は頼りにならない男だね」

遼太郎は鼻息荒く、少し得意そうに告げて背を向けた。

遼太郎は、一夜のことを良く思ってないから、一夜のことになると言葉にトゲが出てくる。皆、仲良くしてもらいたいのに。

教室に向かって歩き始めると、あのイヤミな教頭と生徒が話し込んでいる姿を目の端にとらえ、『やばっ』と思わず柱の陰に隠れた。

あの教頭は、苦手だ。また、生徒をいびっているのだろう。

今度は誰が餌《え》食《じき》になっているんだろう？

こっそり覗《のぞ》き見ると、隣の席の河合千尋が、しゅんとした様子を見せていた。

なんと今度は、千尋が餌食になってる。可哀相に！

教頭は千尋にひとしきり何か話したあと、背を向けた。

「千尋」

教頭の姿が見えなくなるなり、私はすぐに千尋の許《もと》に駆けつける。

千尋は、私を見るなり、目に涙を浮かべた。

「ナズナちゃん、心配したよ！　大丈夫だったんだね？」

「うん、大丈夫。それより教頭に何言われてたの？　大丈夫？」

「……あ、うん。髪色が明るすぎるって注意を受けてたんだ。教頭に会うたびねちねち言われちゃって。地毛だって言い張ってるけどね」

「そっか、にしても、あいつヤな奴だよね」

　私は教頭が立ち去った方を見ながら、腕を組む。

「それよりナズナちゃん、この前はどうやって助かったの？　樋口くんが助けてくれたの？」

「ううん、総長が助けてくれたの」

「総長が？　『昇龍』の総長が硬派だって噂は本当だったんだね」

「うん、意外にマトモな人だったよ」

『昇龍』の癌は、副総長だ。チームを利用して、悪事を働いている。許せない奴だ。

　その瞬間、遼太郎の顔が頭を掠《かす》め、『違う違う』と頭を振った。

　あの、可愛い遼太郎が副総長だなんて思いたくない。だけど、どこか引っかかるものがあって……。

「……ねえ、千尋はA組の保坂遼太郎って知ってる？」

「そりゃ知ってるよ。学年成績一位の秀才だもん」

「そういうんじゃなくて、個人的なこと。どんな奴なのかなぁって」

「個人的にどんな奴かはよく分からないなぁ。それならナズナちゃんの方が保坂くんのこと知ってるよね？　仲良くしてなかった？」

「うん、そうなんだけど」

「そうだ。どんな奴か知りたければ、担任のマジメスグルに聞くといいよ」

千尋は思い出したように手を打った。

「真鍋先生にって、どうして？」

「マジメスグルと保坂くんは、親戚《しんせき》同士なんだ。保坂くんのお母さんの弟がマジメスグルで、叔父《おじ》と甥《おい》の関係なんだよ。二人の雰囲気、少し似てるでしょう？」

その事実に、私は驚いた。

「言われてみれば、堅物で真面目そうな雰囲気はそっくり！」

だが、顔は遼太郎の方がいい。真鍋先生は、とてもアッサリした顔をしている。

「だよね、似てるよね」

千尋と笑い合いながら、興奮に胸が高鳴った。

すごい情報をゲットできた。さっそく私の『探偵ノート』に書いておこう。

早く一夜に知らせたい。

4

「保坂と真鍋が親戚同士？　そんなの、みんな知ってるよ。それがどーしたってんだ？」

　休み時間。私は、仕入れたばかりのとっておきの情報を届けたというのに、一夜はそれをあっさり一刀両断した。

「……みんな知ってるの？」

「お前は転校生だから、知らなくて当然だろうけど、みんな、普通に知ってるよ」

　そっか、と私は探偵ノートを閉じる。

「副総長の話をしてるのに、どーして保坂の話が出てくるんだよ」

　そう問われて、私は言葉を詰まらせた。

　遼太郎が副総長かもしれないってことを伝えた方がいいんだろうか？　でも根拠は『変な走り方』だけだ。そんな曖昧《あいまい》なもので遼太郎が犯人だと決めつけたくはないし、一夜にも先入観を持ってほしくない。

「どうした？」

「……あのね？　ちょっとだけ思ったの」

　一夜の視線をそらしながら、私はモジモジと口を開いた。

「何を？」

「うん、ちょっとだけ思っただけで、違うとは思うんだけど」

「だからなんだよ？」

「遼太郎が、副総長？　かも、って」

小声で告げた私に、一夜はぱちりと目を見開いてから、プッと噴き出した。

「なんだそれ。何を根拠にだよ」

そう笑われると、自分がかなり可笑《おか》しなことを言ってる気がしてくる。

「一夜が笑うのもわかるけど。遼太郎の走り方が変だったの。龍が言ってたじゃん？　変な走り方が特徴だって」

「ふぅん、根拠はそれだけ？」

「それだけじゃなくて、朝、遼太郎が、彼氏である一夜が『助けなかったなんてショボイ』っていうようなことを言ってたの！　遼太郎は部下に私を襲わせるように仕向けて、総長に助けさせて、一夜がショボイってことを私に見せつけたかったんだよ！」

私は勢いで言い切り、これはもしかしたら、今言った通りかもしれない、と自分の聡明《そうめい》さに興奮した。それなのに、一夜はハーッとため息をついて、首を振る。

「保坂はお前にのぼせてるから、俺のイメージを貶《おと》めたいのは分かるけど、その作戦で、お前が総長に惚《ほ》れたらどうすんだよ？　ライバルが俺から総長に移行するだけの話だろ？　自分が助けに行くっていうなら話は別だけど」

「そうかな」

「保坂は学年イチの秀才なんだ。そんなショボイ作戦は立てねーよ。それに俺のイメージを落とすだけにしては大がかりすぎだろ？　あの拉致《らち》はガチでお前を商品にしようとしていたと思うしな」

　そっかぁ、と私は肩を落とした。

　とはいえ、遼太郎が黒幕じゃなくて良かったとも、心から思うんだけど。

「それより、改めて拉致られたときのことを教えてくれよ」

　真剣な表情を見せる一夜に、えー、とうんざりして目を細めた。

「だから何度も言ったじゃん。屋上でお弁当を食べていたら、『昇龍』の奴らが来て」

「……そもそも、どうしてお前は屋上に行ったんだ？」

「それは千尋に誘われて」

　私がそう言うと、一夜は難しい表情で黙り込み、そっと腕を組んだ。

「どうしたの？」

「俺、ちょっと調べることがあるから、今日は早退する。また勝手な行動とるなよ」

　一夜はそれだけ言って自分の荷物をすばやく手にして、教室を出ていった。

　突然、一人教室に取り残された私は、「……なんじゃありゃ」と小首を傾げて、開けっ放しになっている引き戸に目を向ける。

　その時、誰かが通り過ぎていく影が見えた。

「あれ!?」

　私は立ち上がって、廊下に顔を出す。

逃げるように角を曲がっていったその人影は、遼太郎だった。

5

「今日は、久々、まっすぐ帰れる」

放課後になり、私は、ふんふん、と鼻歌交じりに昇降口に向かって、廊下を歩く。

窓の向こうには中庭があり、その向こうに校舎が見える。ちょうど、コの字になっているのだ。その向こう側の校舎に『早退する』と言っていた一夜の姿があった。

「ん？」

どうやら、一夜は保健室に入っていったようだ。

「あれ、一夜、早退してなかったんだ？」

保健室に入っていったってことは、用事じゃなくて、具合が悪かったのだろうか？

心配になって踵《きびす》を返し、私は小走りで保健室に向かう。

すると、すれ違った女生徒たちがニヤニヤ笑いながら振り返った。

「あらー、彼氏の浮気を阻止しようとがんばって走っているの？」

へっ？　と、私は足を止めて、振り返る。

「浮気って、なんのこと？」

「樋口君、保健室に入って行ったでしょう？　前から保健室のセンセイとイイ雰囲気なのよ」

「保健医、美人だしね。やっぱ一夜って彼氏にするには大変だよねぇ。がんばってぇ」

彼女たちは、ひらひらと手を振って、立ち去っていく。

なるほど。探偵として学校に入っているから、女子高生に手を出せないって言ってたけど、保健医は別なわけだ。

「なんだ、そっか。具合でも悪くなったのかと心配しちゃった」

私は息をついて、回れ右をする。

『恋人のフリ』というのは、どうにも窮屈だ。

本当に付き合っているわけでもないのに、こうやって周りに憐《あわ》れみの目で見られたり、なんとなく彼女気分になってしまっているのか、面白くなく思ってしまう。

でも、本当はつきあってるわけじゃないから、なんの権利もない。

力なく昇降口に向かい靴箱をのぞくと、スニーカーの中に水が入っていた。

「うわっ、古典的」

しまった、今日は靴箱に置きっぱなしにしていた。油断してたな。

仕方ない、と私はスニーカーの水を捨てて、上靴のまま外に出た。

本当にやっかいだ。一夜のファンには、こうやって嫌がらせをされる。

やりきれなさが募って俯《うつむ》きながら歩いていると、あちこちで「きゃあきゃあ」と黄色い声が飛び交っていることに気が付いた。

「見て、すごいイケメン、モデルみたい」

「誰を迎えに来てるんだろうね？」

そんな声を耳にしながら、なんとなく校門に目を向ける。

そこにいたのは、見覚えのある、銀髪の美形男子。

——そう、元『昇龍』の総長・龍だ。

龍は、バイクにまたがった状態で、「オス」と、手を上げた。

「龍？　どうしたの、この学校に用でもあったの？」

私が歩み寄ったその時、龍の存在に気付いた『昇龍』のメンバーが「うおお」と地鳴りのような声を上げて駆けつけてきた。

メンバーたちは、龍を前に一列に並び、一斉に頭を下げる。

「総長お疲れさまですッ」

「俺はお前らに会いに来たわけじゃないし、もう総長じゃねぇよ」

龍があっさりと吐き捨てると、メンバーたちは「うおおん」と声を上げた。

「そんな総長！　俺たちはいつまでも慕ってます」

「『昇龍』は解散しても、龍さんは俺らの総長っす」

「親衛隊は、永遠に不滅っす！」

暑苦しく詰め寄る彼らに、龍は少しウンザリした顔を見せる。

なるほど、これが『親衛隊』。プリ男が『ほとんどファンクラブ』って言ってたのもうなずける。

そんな親衛隊をスルーして、龍は私を見た。

「俺は、お前に会いに来た」

えっ、と私は自分を指差す。

「今日予定は？」

「ないけど」

「じゃあ、決まりだな」と龍は私にヘルメットをかぶせ、「乗れよ」とバイクの後ろを指す。すると、メンバーたちが「うおおお」と声を上げた。

「い、今まで、誰も乗せたことがないそのバイクに女を？」

「総長が色恋に？」

「そんなインチキＣカップのＥ組バカ女より、もっとイイ女いますよ、総長！」

……インチキＣカップのＥ組バカ女？

私は、ムッとして拳《こぶし》を握りしめる。次の瞬間、龍は彼らを睨《にら》みつけた。

「黙れよ」

メンバーたちは一瞬で凍りついたように口を閉ざす。

「乗れよ、ナズナ」

私が戸惑っていると、龍は挑発的な目を見せる。

「カレシに怒られるか？」

一夜の顔が頭に浮かび、イラッとした勢いで私はバイクにまたがった。

「別に、怒られないよ」

「よし、しっかりつかまってろよ」

龍もヘルメットをかぶり、バイクを発進させた。

そんな私の姿を見て、さっき話しかけてきた女子たちがギョッとしていた。

「ちょっと、なんであんたが浮気してんのよ、バカ女！」

「一夜に言いつけてやるからね、尻軽《しりがる》！」

「ブスバカ尻軽！」

ブスバカ尻軽……これ以上ない侮蔑《ぶべつ》の言葉だ。

こんな青春を求めていたわけではないんだけどな、と落ち込みかけるも、竹林の間を吹き抜ける風が心地よくて、気持ちが軽くなる。

春の夕暮れは、ほんの少し肌寒さを感じるものの心地いい。

軽快に走るバイクの後ろで、スカートがめくれないように気をつけつつ、遠慮がちに龍の背中に手を添えていると、龍が声を上げた。

「おい、しっかり腰に手をまわせよ。危ねーぞ！」

「あ、うん」

戸惑いながら、しっかりと龍の腰に手をまわす。

バイクの後ろで男子の背中にしがみつくというのは、なかなかドキドキするシチュエーションだ。

一夜にときめいたり、保健医と良い関係と知って面白くなく思ったりする半面、こうして、龍の背中にしがみついてもドキドキしている。『ブスバカ尻軽』は言いすぎだとしても、私は随分ふらついているのかもしれない。

私は自己嫌悪を覚え、むぅ、と顔をしかめた。

6

「――これが、私が調べたこと。理事長を通してあなたの正体を聞いた時は、本当に驚いたわ」

同じ頃。保健室内では、養護教諭が楽しげに笑いながら、報告書を差し出していた。

一夜は、「サンキュー」と彼女が差し出した紙を受け取る。

「いつの時代も保健室のセンセってのは生徒のあけすけな噂話を耳にするものだよな」

報告書に目を落としてうなずいていると、養護教諭はそっと肩に手を載せた。

「色んな意味で大人だと思ってたけど、まさか本当に大人だったとはねぇ」

「高校生だと思ってた方が、楽しかった？」

「ううん、大人の方が安心。こうやって、いたずらもできるもの」

彼女はそっと顔を近付けて、キスをしようとする。

一夜は彼女の口に掌《てのひら》を当てて、阻止をした。

「あら、意外と真面目なんだ？」

残念そうに言う彼女に、一夜は髪をかき上げ、弱ったように洩《も》らす。

「いやぁ、実はこういう時、ありがたくいただくタイプなんだけど、どうしたんだろうな……期間限定の、仕事上のパートナーなのにな」

「なんのこと？」

「いや、なんでもない。それよりこの報告書の『幽霊の噂』ってなんだ？」

椅子に腰を下ろして訊《たず》ねると、彼女は「ああ」とうなずいた。

「真夜中の校舎に怪しい光がふわふわと移動しているっていう噂があるのよ。もしかしたら『昇龍』の連中が真夜中に忍び込んでるのかもしれないと思って、一応、報告書に書いておいた。それも決まって、東校舎らしいわ」

「ふぅん、なんだか面白いな。これは何かありそうだ……」

「あと、ある男子生徒が、夜遅くに校舎にいるのをたびたび目撃されていて……」

「こいつが？」

一夜が目を見開いたとき、ドンドンと保健室のドアが乱暴にノックされ、そのままガラリと引き戸が開き、女生徒たちが雪崩れ込んできた。

「ひ、樋口君はいますか？」

「まったく、あなたたち乱暴よ」

「俺が、なんだよ？」

養護教諭と一夜は、呆《あき》れたように引き戸に目を向ける。

「私たち、もう我慢できない、あの女！」

「遼太郎様に河合クンと浮気して、今度は超絶美形！　もうあんなのやめなよ！」

と、彼女たちは、キーキーと声を上げる。

「はっ？　なんのことだよ？」

「二宮ナズナ！　『昇龍』の総長のバイクの後ろに乗って、デートに行ったんだから！」

「背中にギュッてしがみついたりして！」

「すごくイケメンの総長なのに、許せんあの、ブスバカ尻軽！」

引き続き、彼女たちはギャアギャアと声を上げる。

「くそ、あいつ、やっぱナズナに興味持ったんじゃねーか！」

一夜はすぐさま立ち上がり、保健室を飛び出した。

7

倉庫では、白い特攻服にサラシを巻いたいかにも『総長』なスタイルで、ラーメン屋では白衣だった龍だが、今はセンスのいいジーンズに、黒いシャツとシンプルだけど、ベルトやアクセにパンチを効かせた、なかなかお洒落《しゃれ》なスタイルをしている。

女の子たちが『モデルじゃない？』と言っていたのもうなずける。

そんなモデルのような彼に、バイクで連れていかれた先は、鴨川《かもがわ》の河原だった。

よくテレビなどで見る四条大橋《しじょうおおはし》付近よりも、少し北側。

スマホで位置確認すると、三条《さんじょう》だそうだ。

ここにも、大きな橋が架かっている。

趣のある立派な橋は、名前もそのまま三条大橋《さんじょうおおはし》というらしい。

「すごい。あんな歴史を感じさせる橋が、普通に使われてるなんて……」

河原のベンチに座ってしみじみとつぶやいていると、

「ほら」

と、龍は、紙コップを差し出す。

彼は、『コーヒーでも買ってくる』とこの場を離れていたのだ。

何を飲むか聞かれ、私は『それじゃあ、カフェオレ』と答えていた。

何これ、と眉《まゆ》を顰《ひそ》めるも、私はそのロゴを見て大きく目を見開いた。

世界的に有名なコーヒーショップのカップだった。

「そこの店、カフェオレがなかったから、カフェラテだけど……」

そう言って隣に座った龍に、私は前のめりになる。

「これは、あの、世界を股《また》に掛ける素敵コーヒーショップの……」

季節ごとに限定のフラペチーノなどを発売する、お洒落カフェの代表だ。

もちろん、このコーヒーショップは、北海道にもある。だが、旭川《あさひかわ》や札幌《さっぽろ》まで行かないとお目にかかれない、憧《あこが》れのカフェだ。

「ああ、そこ、三条大橋の側にあるんだよ」

うえええ、と私は目を剝《む》く。

「こ、こんな近くに？　どうせなら、店内でいただきたかったんだけど」

「そこの店舗、鴨川《かもがわ》の畔《ほとり》ってことで全国的に有名なんだよ。激コミだったから無理だな」

「そ、そっか……ありがとう」

そっと受け取って、憧れのロゴに目を向ける。

こんなことなら、限定メニューをお願いしておくべきだった。

だけど、鴨川を眺めながら、カフェラテを飲めるというのも悪くはない。

川の向こうには、桜の木々が並んでいる。

大きな白い鳥が羽ばたいてきて、川岸に降り立った。

目を凝らしてその姿を確認する。

「うそ、白鷺《しらさぎ》!?」

私は思わず立ち上がる。

「ああ、白鷺だな」

龍は珍しくないように答えた。

「なんで、そんな気の抜けた反応なの？　私、白鷺をこんなに近くで見たのは初めて！」

「マジで？　白鷺なんて、そこら中にいるだろ？」

「嘘でしょ。丹頂鶴ならよく見たけど、白鷺なんて珍しい……」

「いや、そっちの方が珍しいって」

そう言い合い、私たちは急に可笑《おか》しくなって笑い合う。

私は、椅子に腰を下ろして、カフェラテを口に運ぶ。

のどかな夕暮れだ。河原の桜が風に揺れて、穏やかに流れる川の水面《みなも》がキラキラと光っている中、白鷺が餌を探している。

「素敵な場所だね」

「だろ？」

「で、どうして、私をこんなところに？」

「まぁ、話がしたくて」

龍はそう言って、頭を掻《か》く。

「話？」

「副総長の件、何か分かったか？」

「……今、調査中。そういえば、メールをくれた『T』って人が誰なのかわかった？」

「いや、こっちからメールをしても、もうエラーで返ってきて」

「そうなんだ。本当に、何者なんだろうね？」

そう言って横を向くと、龍が少し切ないような表情を浮かべていた。『昇龍』の件では彼なりに胸を痛めているようだ。

「ほんとに、龍が副総長の正体を知ってくれていたらねぇ」

あえて明るく言うと、龍は弱ったようにクシャクシャと頭を掻いた。

「だよな。マジで俺、走ることと喧嘩《けんか》しかキョーミなかった」

「そんなに喧嘩ばかりしてたの？」

「しょっちゅう売られるからな。自分からは仕掛けねーけど」

きっと、パワーを持て余しているのだろう。父の道場にもいたけれど、こういうタイプは、大きく分けて二種類だった。家庭不和で様々な不満が蓄積していて、それを暴力で発散させるタイプと、ただ単純に人よりもパワーがあって持て余しているタイプ。龍は間違いなく後者なんだろう。こういう人がスポーツを始めたりすると、才能が爆発したりするらしい。

「話ってのは、副総長のことだけ？」

それなら別にこんなところまで連れてこなくても、校門前の立ち話で十分事足りたはずだ。龍はしばし黙り込んだあと、また髪をかき上げた。

「それはともかく、さっきから気になってんだけど」

「うん？」

「校門のとこで、あいつらが言ってたけど、『インチキＣカップ』ってなんのことだ？」

私は飲んでいるカフェラテを口から噴きそうになりゴホゴホとむせた。

「そ、そんなの、どーだっていいでしょう？」

「悪《わり》ぃ、気になって」

「どーせ、Ｃカップには見えないって思ってるんでしょう？」

「いや、わかんねーよ、女のことなんて」

小首を傾げる龍に、私は大袈裟《おおげさ》に肩をすくめてみせる。

「またまた、人気の総長だったんだから、モテモテなんじゃないの？」

伝説の総長と呼ばれて、これだけの美形だ。夜の街に繰り出しては、女を持ち帰っていそう。クラブのＶＩＰ席で、両脇に派手な女性を抱えている姿が目に浮かぶ。

「いや、俺、童貞だし」

真顔で告げた龍に、ブハッと、今度は本当に口からカフェラテがふき出た。

「それ、嘘だべさ!?」

「嘘じゃねぇよ。だから、Ｃカップがどのくらいなんて、目安はわかんねーよ」

「えっ、だって、モテるよね？　伝説のイケメン総長がどうして？」

「だから俺、マジで今までバイクで走ることと、喧嘩にしかキョーミがなくて、女とかって面倒くさいと思ってたんだ。男同士でつるんで遊んでる方が楽しかったし」

子どもか、と私の口から声が洩《も》れる。

龍は本当に、ストイックな男なのだろう。走るのが好きで、喧嘩が好きで、そんな龍を慕って仲間が集まって、いつしか『昇龍』は大きな組織となってしまった。龍は何も変わらないのに、周りだけが変わってしまったのかもしれない。

私が呆然《ぼうぜん》としていると、龍は少し頬を赤らめながら、こちらを見た。

「お前に会って、はじめて女にキョーミを持ったよ」

「へっ？」

「お前のことをもっと知りたいと思った」

龍は、まっすぐな瞳《ひとみ》でそう言う。うかつにもドキドキしてしまう。

こういう場合、なんて言えばいいんだろう？　残念ながら、男に免疫がないから、こういうときに使える『イイ女』風な返しが思いつかない。

目をグルグルさせていると、ブオンブオンとバイクの音が耳に届く。

気が付くと、バイクが五台やって来て、私たちの前で停まった。

皆、二人乗りをしているので十人だ。

「よぉ、『昇龍』の総長さんよ」

先頭を走っていた男がバイクから降りて、歪《ゆが》んだ笑みを浮かべる。

ラブコメ路線が一転して、今度は一昔前のドラマのような展開だ。しかも皆、モヒカンで頭にはタトゥー。なんて時代錯誤なんだろう？　その上、モヒカンがつぶれるのがイヤなのか、みんなヘルメットをかぶっていない。色んな意味で危険すぎる。

「俺はもう総長じゃねーよ」

うんざりしたように言う龍に、ヤンキーはナイフを出す。

「んなの、カンケーねぇ。俺はお前にボコられてから、ずっと復讐《ふくしゅう》のチャンスを待っていたんだ。そのおキレーなお顔を傷つけてやんよ」

そう言って、見せつけるようにナイフをベロリと舐《な》めた。

ベタなうえに汚い。こんなこと本当にやる人がいるなんて。バナナの皮で滑る人くらいに貴重だ。

龍は、やれやれ、という様子で立ち上がる。

「喧嘩に刃物を持ちだすのは好きじゃねーな」

「なんとでも言えよ。『卑怯《ひきょう》』？……いい言葉だ」

ヤンキーは、刃物を手にニヤリと口角を上げる。

まだ、誰も『卑怯』なんて言っていない。やや自分に酔い気味のヤンキーに失笑だ。

そんな私たちの冷めた視線に気づかず「ひゃひゃひゃひゃ」と彼らは笑う。

「悪いな」

その一瞬の隙に、龍は奴の右手を蹴《け》り飛ばした。

突然の奇襲攻撃にナイフは地面に落ちて、ヤンキーは「ぐああ」と蹴られた右手をつかむ。

「こ、このヤロー、まだ話している途中で仕掛けるなんて卑怯だぞ！」

折れてしまい『ぷら～ん』となった右手首をつかみながら、ヤンキーは半泣きの声を上げる。お気の毒だ。

「卑怯？　いい言葉だな」

そう言った龍に、私は思わず噴き出してしまった。

「お前の右手は今、使い物にならねーけど、どうする？　続けるか？」

「ハナから、俺一人で戦う気はねーよ！　やれよ、野郎ども！」

ヤンキーは垂れ下がった手首を上げて、情けないことを号令する。

ぷらぷらしている手首が痛々しい。無理して上げなくていいのに。

「『昇龍』の総長をやったとなればハクがつくぜ！」

彼らは、勢いよく龍に襲いかかる。

無駄なのに、と私は苦笑した。

龍は驚くほどに強い。獣のような反射神経で、アッという間に相手を倒していく。

襲いかかる男たちを蹴り飛ばし、投げ飛ばす。無駄のない流れるように美しい動きには本当に感心させられる。

これが我流なんだから、天性の才能にはかなわないってことを感じさせる。

龍の戦いぶりに感心していると、私は突然、背後から羽交い締めにされた。

しまった、見とれていて油断してた。

「女は預かった！　彼女を助けたけりゃおとなしく殴られろよ！」

背後から身体を拘束しながら、ヤンキーは息も切れ切れに声を上げる。

前にもこんなことがあった気がする。あの時は鎖だったか。

龍はこちらを見て、あーあ、と目を細める。

「早く解放しないと、痛い目見るぜ？」

「てめーの女を人質に取られて、何笑ってんだよ？」

ヤンキーは、不可解そうに言う。

そうだ、龍、助けてほしい。私はなるべく強いところをさらしたくない。

そう思い何もせずにいると、ぺらりとスカートをめくられた。

「総長の女はどんなパンツはいてるんだ？」

プチン、と何かが切れた音が頭の中でした。

龍が目を見開く姿が目に入った気がする。

羽交い締めしていた男の脇にひじを打ちつけて、仲間に向かって背負い投げをし、仲間とともに倒れたところに勢いよく駆け寄ってひざを喰《く》らわせた。

「グハッ」

それでも起き上がろうとする男の顔を踏みつけるように足を乗せて、胸倉をつかむ。

「人のパンツ見てんな」

そんな私に他のヤンキーたちは、後退《あとずさ》りする。

「な、なんだ、この女？」

「鬼のように強《つえ》ぇ。でもあれじゃあ、さらにパンツ見えるよな？」

「いや、見せてるのか？」

周りのヤンキーたちは、色んな意味で仰天している。

「う、うるさい！」

私はすぐに足を戻して、声を張り上げた。龍がくっくと肩を震わせている。

「やっぱ、強ぇな」

「龍、片づけるよ」

「だな、お前のイヌのパンツは高くつく」

「……クマだけどね」

まさか、勝負下着でもなんでもない、普段用下着を見られてしまうなんて。

「絶対、許さないから！　龍！」

「おう」

倉庫のときのように、背中を合わせる。

背中は龍に預けておけば、安心だ。前から来る敵だけに集中できる。

木刀を手に、うおお、と雄叫《おたけ》びを上げて襲いかかる男のみぞおちにひじを当てて、一撃で仕留める。倒れたそいつから木刀を奪い取り、両手でしっかり持って、襲いかかってくる輩《やから》の『弁慶の泣きどころ』に力いっぱい叩《たた》きつける。

河原に響くのは、「うがっ」「うごっ」「がっ」といったブサイクな声と、

「ち、ちくしょー、おぼえてやがれ」

引きずるようにバイクにまたがって、逃げ出す男たちのマフラー音。

私は、呆《あき》れて息をつく。

「最後まで、どんだけ一昔前のドラマなのさ」

「正直、あの数はやっかいだなって思ってたけど、お前がいてくれて助かったよ」

「よく言う、自分ひとりでも十分いけたでしょ？」

「お前がか弱い、ただの女なら難しかったかもな」

「こういうときは、役に立つよね。普段は鬼や悪魔扱いだけど」

やれやれと肩をすぼめると、龍は笑顔で私を見た。

「お前、サイコーだよ」

「えっ？」

どきん、と私の心臓が強く音を立てた、その時だ。

「ナズナ！」

河原に男の声が響いた。

驚いて顔を向けると、一夜が血相を変えてこちらに向かって駆けてくる。

龍は、ちっ、と舌打ちした。

「ホンモノの邪魔が入ったな」

一夜はそんな龍には目もくれず、私の肩をつかんで顔を覗《のぞ》き込んだ。

「……大丈夫か？」

「だ、大丈夫だけど？　どうしてここが？」

「お前がこの前、拉致《らち》られた後、鞄《かばん》に発信機をつけさせてもらってたんだ」

「えっ、そんな勝手なことを？」

悪い、と一夜は小さく息をついてポケットからハンカチを取り出し、頬に当てた。

「頬から血が出てる」

喧嘩《けんか》のとき少しかすめたのかもしれない。思えば髪も乱れていて、制服も土ぼこりまみれだ。

一夜はパンパンッと私の制服についた埃《ほこり》を払い、龍を睨《にら》みつけた。

「ナズナは確かに強い。だけど、あくまで女なんだ。何かのアクシデントで顔や腹を負傷したらどうする。お前の喧嘩にナズナを巻き込むな」

龍はグッと言葉を詰まらせ、目を伏せる。

「……悪かった」

「ちょっと、気にしなくていいよ、龍。こんなえらそーなこと言ってるくせに、私の強さを見込んで探偵の助手にスカウトしたような男なんだから。一夜も自分のこと棚に上げて、何言ってるのよ」

　思わず反論した私に、今度は一夜が決まり悪そうに顔を背けた。

「……だな、悪い」

　気まずい雰囲気になったことに焦りを感じ、それより、と私は手を打った。

「せっかくだから、龍のところにラーメン食べに行こうか。龍の家のラーメン美味《おい》しいよね」

　あえて明るく告げると、一夜は「いや」と首を振った。

「ここに来たのはお前が心配だったのもあるけど、大事な話もあったんだ」

「大事な話？」

「副総長の正体だよ。もしかしたら、あいつかもしれない」

「あいつって？」

「河合だよ。河合千尋」

　へっ？　と私の口からすっとんきょうな声が出た。

「河合千尋って、あの可愛い千尋？　一夜、本気で言ってるの？」

　たしかにテレビドラマでは、意外な人間が犯人だったりする。それが故にミステリードラマを観ていても、一番いい人を見ると怪しく思えて、疑ってしまうもの。

　だけどだからって千尋なんて、犯人の指摘の仕方が安易すぎじゃないだろうか？

「別に俺は、河合が『一番良い人』だから犯人って言ってるわけじゃねーよ。バーカ」

どうやら、私の心の声は口に出てしまっていたらしい。

すると龍が訝《いぶか》しげに訊《たず》ねる。

「河合って誰だよ？」

「こっちの話だ。お前には関係ねーよ」

「『昇龍』のことなんだ。俺にも十分関係ある。聞かせろよ」

真面目な表情で言う龍に、一夜は不本意そうにため息をついた。

「……分かったよ。その前にちょうど、うちの事務所がこの近くにあるんだ。まず、そこでナズナのすり傷の手当てをしよう」

一夜はあたりまえのように私の手を取って歩き出す。

つながれた手に、ドキドキと鼓動が高鳴る。龍は露骨に面白くなさそうな顔をしながらバイクを押して、私たちの後をついてきた。

しっかりと手をつないで歩く一夜の背中。

それを見つめる私の後ろから感じる、龍の強い眼差《まなざ》し。

なんだか、胸が詰まる。

どうしよう。

……天国のお母さん。

二人の男の子に同時にときめいてしまう私は……いけない女の子なんでしょうか？

なんだかんだと私を『女の子』として扱ってくれる大人な一夜と、不器用でヤンチャでストイックな龍に、自分でも戸惑うくらいに揺れてしまう。

夕陽が眩《まぶ》しい河原。伸びる三つの影。

何も話さずに歩きながら、鼓動の早さに息苦しさを感じていた。

第六章　二宮ナズナ、学園戦争！

1

一夜の兄が経営している探偵事務所は、今出《いまで》川通《がわどおり》に面したごく普通のマンションの一室をオフィスとして使用していた。

それでも、スチール机や黒い革張りの長椅子があることから、ただのリビングでもそれなりに『事務所』らしく見える。

部屋の隅には観葉植物があり、それ以外は飾り気がない。男二人の事務所だというから、もっと雑然としていて散らかっているのかと思ったけれど、とても綺麗《きれい》に片づいている。

「そこに座ってろ」

一夜は戸棚から薬箱を取り出した。

うん、と私と龍はなんとなく顔を見合わせつつ、長椅子に腰を下ろした。

「ほら、顔上げろ」

一夜は、消毒液を染ませた脱脂綿を頬につけてくる。

「ちょ、ちょっと染みる」

「黙れよ、可愛い顔を傷つけやがって」

舌打ちする一夜に、私は言葉が詰まり、龍はバツが悪そうに顔を背けた。

サラリとそういうことを言える一夜は、やっぱり大人だなと思う。嬉《うれ》しいけれど、気恥ずかしい。

「それより、千尋が副総長って、どういうことなの？」

空気を変えようと話題を戻すと、一夜は薬箱の蓋《ふた》をパタンと閉めて、息をつく。

「学園内の不審なことを調べていくと、河合が夜の校舎でよく目撃されているらしいと分かったんだ。それを知って引っかかった。なぜ、あいつはお前を屋上に誘ったんだろうって」

「千尋が私を屋上に誘うのは変なの？」

「屋上は、『昇龍』の奴らが来るまで、誰もいなかっただろ？」

うん、と私はうなずく。

「この学園の普通の生徒は、屋上になんか行かない。避けてるんだよ。お前は転校してきたばかりだから知らないだろうけど、屋上は『昇龍』のたまり場なんだ。そんなところに女連れていく奴なんていねーよ」

たしかに、屋上には誰もいなかった。花粉のせいとも言っていたけれど……。

「でも、千尋はたまにカップルがイチャつきに行く場所だって……」

「カップルって……、『昇龍』が自分の女を連れ込むくらいだよ」

「たしかにカップルだね」

「それに不思議に思わないか？　河合はあいつらに少しもボコられてねーんだぜ」

そうだ。千尋はヤンキーたちに追い出されただけ。言われてみれば不自然だ。あれらがすべて、仕組まれたことだとしたなら、納得がいく。だけど、不可解な点も……。

「でも、私がさらわれたことを報告したのは、千尋なんでしょう？　千尋が仕組んでおきながら、一夜に報告なんておかしくない？」

「それはきっと、俺に助けられるわけがねーって思ってたんじゃねーか？　助けに行った俺もいっしょにボコられるだけだって思ってたのかもしれねーし」

なるほど、と私は腕を組む。

「まあ、これだけで『副総長』って決めつけるのもあれだけどな。あいつが『昇龍』とからんでいるのは、濃厚だな」

「そんな……」

息をのんだ瞬間、奥の部屋の扉がカチャッと開いて、男の人が姿を現わした。

「……騒がしいと思ったら帰ってたんだな、一夜」

「まったく、兄貴はよく言うよ。帰ってきたの、とっくに知ってただろ」

一夜の兄だ。

私たちが振り返ると、一夜の兄はにこりと柔らかく目を細めた。

この人が、この探偵事務所の経営者。そして、さすが一夜の兄と思わせる男前だ。

艶《つや》やかでサラサラの黒髪に、スッと通った鼻筋。肌の色は白く、切れ長の瞳《ひとみ》の前には、センスのいい眼鏡。ジャケットに、白いワイシャツという出《い》で立ち。

ただ、少し驚いたのは、彼が車椅子に乗っていたことだった。

あの時、一夜が『兄貴はもう車乗らないから』って言ってたのは、こういうことだったのだ。

「いや、調べ物に熱中していたから、本当に気付かなかったよ」

「また盗み見だろ？」

「人聞きの悪い、正義のハッカーと言ってほしいな」

「よく言うぜ」

「ちなみに今は、桜花学園の様子を見ていたんだ」

「様子を見ていた？」

「まあ、それはいいとして、一夜、二人を紹介してほしいな」

兄の言葉に、一夜は、ああ、とうなずいて、私たちを見た。

「あらためて紹介するよ。いつも話しているナズナに、『昇龍』の総長だ」

「はじめまして、一夜の兄の十夜《とおや》です」

なんて似たような名前、と心で突っ込みつつ、「二宮ナズナです」と私は頭を下げる。

「高橋《たかはし》龍です」

続けて龍も会釈をした。

龍の苗字《みょうじ》は、高橋。意外に普通だ。

「一夜、悪いけど、そこの薬局でぶどう糖買ってきてくれよ。糖分不足でクラクラするんだ」

十夜は、内ポケットから長財布を出して、一夜に手渡した。

「また頭の使いすぎかよ。後ででいいだろ？　一応、来客中なんだから」

「お客さんに出す茶菓子も頼むよ」

一夜は『仕方ねぇな』という様子を見せ、

「ちょっと、待っててくれな」

そのまま事務所を出ていった。

「君たちはコーヒーでいいかな？」

車椅子でスイスイ移動し、カップを手に尋ねてきた彼に、「あっ、おかまいなく」と慌てて手を上げて制する。

「僕も飲みたいからついでだよ」

彼は、ふふっと笑って、手早くコーヒーメーカーをセットした。

やがて、ポトポトと滴の落ちる音がすると同時に、コーヒーのいい香りが事務所に広がっていった。

「ナズナちゃんの話は聞いてるよ。一夜の手伝いをしてくれてありがとう。君と会ってから一夜は本当に楽しそうで感謝してるんだ」

十夜は、コーヒーポットを取り出して、カップに注ぎながら言う。

「そうなんですか？　一夜、前は楽しそうじゃなかったんですか？」

「そうだね。僕のせいで大学まで辞めさせることになっちゃって、いろいろ我慢させていたから」

「十夜さんのせいでって、どういうことですか？」

「ああ、一夜同様、僕のことも呼び捨てでいいよ。なんだか、小気味良いし。そうだね、何から話したらいいかな？　ちょっと重たい話になってしまうけどいいかな」

申し訳なさそうに眉《まゆ》を下げる彼に、私は強くうなずく。

思えば私は、一夜のことを何も知らない。

「僕たちは両親を亡くしていて、たった二人きりの家族なんだ。母親は身体が弱くて一夜が幼いときに亡くなってね、父親は僕が大学のころに、殉職してしまって……」

「殉職？」

「父は刑事だったから」

「……そうだったんですね」

「僕たち兄弟は、亡くなった尊敬する父親と同じように刑事になりたいと、ずっと思っていてね。僕が念願叶《かな》って刑事になることができたときは、一夜は自分のことのように喜んでくれたよ」

十夜はそっとコーヒーを口に運び、小さく息をついた。

「だけど、あるとき警察組織に幻滅してしまう出来事があって、僕は退職したんだ」

「……警察組織に幻滅って？」

こんなこと聞いてもいいんだろうか？　と思いつつも、どうしても気になって口にしてしまっていた。

「ちょっとお喋《しゃべ》りがすぎたね。ある事件がキッカケで歩けない体になったから、組織の足手まといになりたくなくて辞めたのが本当のところなんだけど」

十夜は眼鏡を正しながら、柔らかな笑みを浮かべた。

「刑事を辞めて、こんなことやってるんだけど、あいつを大学に通わせてやる余裕がなくなってしまってね。それを察した一夜は、僕が何か言う前にあっさりと大学を辞めて、僕の手伝いをするって言ってくれたんだよ。あいつも父親に憧《あこが》れてたから、将来は刑事になりたいと思ってたみたいだけど、自分のつまらない意地のために、あいつの夢までつぶしてしまって。だから……責任を感じてたりもするんだ」

　そんな事情があったんだ。

　沈痛な面持ちで打ち明ける十夜を見ていると、私も苦しくなる。

　私がうつむきかけた時、龍は納得できないとばかりに、腕を組んで首を傾げた。

「どうして責任を感じるのか、俺には分かんねーな」

　えっ？　と、私と十夜の声が揃う。

「俺は暴れすぎたせいで高校退学になった身だから、詳しいことは分かんねーけど、本当に大学に行きたけりゃ、奨学金でもなんでもあるだろ？　奴が大学を辞めたのも、刑事にならなかったのもその程度のことなんだよ。それより何より、あいつはあんたのことが好きで、支えになりたかったんだろ？　それに対して責任なんて感じることねーだろ」

　キッパリと言い放った龍に、十夜は驚いたように目を見開き、涙を滲《にじ》ませた。

「なんだか、ガツンとやられた気分だ。さすがのカリスマ性だね。君がもっと組織を運営することに意識を向けていれば、『昇龍』は硬派でストイックな集団になっていたんだろうな」

「……今度は俺が、ガツンとやられた気分だな」

龍がバツが悪そうに肩をすくめたその時、扉が開き、一夜が顔を出した。

「ペラペラ余計な話をしてんじゃねーよ、兄貴」

どうやら話を聞いていたようだ。

「この二人には、これからもお世話になりそうだし、いっちゃんのことを知っておいてもらいたくてね」

「いっちゃんって呼ぶなよ、お喋り兄貴」

「失礼。でも余計なお喋りのおかげで、二人のことがよく分かったよ」

十夜は眼鏡を光らせながら、そっと口角を上げる。

その姿は、先ほどまで目に涙を浮かべていた彼の雰囲気とは、まるで違っている。

「特に、『昇龍』の総長がどんな子なのか、気になっていたんだ。思った以上に良い子で嬉《うれ》しかったよ」

そう言って十夜は、ふふっと笑う。その瞬間、雷に打たれたように感じた。

――そうか。さっきまでの身の上話も、責任を感じてると見せた沈痛な面持ちも目に浮かべた涙も、全部演技なんだ。私たちがどんな人間なのか、試したに違いない。

思わず睨《にら》みつけると、視線に気づいた十夜は、「ごめんごめん」と片手拝みに手を上げた。

「ッ！」

瞬時に私の気持ちまで察するなんて、さすが一夜の兄。

「したけど、十夜は喰《く》えなさすぎでしょ」

思わず心の声を北海道弁で洩《も》らしてしまい私は、しまった、と口を押さえる。

すると、十夜は、ふふっ、と笑った。

「うん、『喰えない』って、一夜によく言われるから気にしないで」

「すみません。あと、今の私の北海道弁も気にしないでください」

肩をすくめると、十夜は不思議そうに目を瞬かせた。

「北海道弁がどうかしたの？」

「ええと、恥ずかしいので封印しようと思っていて」

気を付けているんだけど、ついつい出てしまっている。

すると、十夜は、ふっ、と頬を緩ませた。

「どうして？　恥ずかしく思うことはないし、僕自身は標準語でいわゆるお国言葉というのがないんだ。だからこそ思うんだけど、方言には歴史と生活が詰まっている。それはとても素敵な個性で魅力だと思うんだ。お国の言葉は大切にした方がいいと思うな」

十夜の言葉が心に沁みて、じんわりと胸が熱くなった。外の世界に出たいという気持ちがあったけれど、私はやっぱり故郷が大好きだ。

シゲの一件で警戒してしまっただけで、北海道弁も愛しく思っていることに気がついた。

「ナズナちゃんは、すごく素直で、繊細で優しい子なんだね」

単純なので『素直』と言われるのは分からないでもないけれど、今のやり取りのどこに『繊細さと優しさ』を感じたのだろう？

「繊細で優しいって、どうしてそう思うんですか？」

「僕の言葉の意図をすぐに気づいた鋭敏さから、君の繊細さを感じたよ。人の感情や、心を敏感に感じ取れるのは、警戒心が強いから。警戒心が強いというのは、防衛だ。傷つきやすいということの裏返しでもある。君の感じ取る鋭さから、君がこれまでにどれだけ傷ついてきたかもうかがい知ることができる。それでも君は決してその繊細さを表には出さない。とても明るい雰囲気で、素直でまっすぐな目をしている。その姿勢は、自分の繊細さを守るために生まれた強さである一方、人への思いやりでもある。そうしたわけで、僕は君を繊細で優しい子だと感じたんだ」

十夜は流れるように説明して、包み込むような笑みを見せた。

「…………」

驚きすぎて、言葉が出なかった。

当て嵌《は》まっている。実はずっと傷ついてきた。男子に『デビル二宮』って恐れられることも女子に距離をとられることも、本当はいちいち傷ついていた。だけど虚勢を張って、肩ひじ張ってきたんだ。本当は弱い自分を隠して……。

だけど誰も私を『繊細』だなんて思わない。父や祖母すらもだ。

それを言いあてたのは、会って一時間も経っていない彼が初めてだった。

「やめろよ、兄貴。ナズナが戸惑ってるだろ」

一夜はぶどう糖の袋を「ほらよ」と渡し、長椅子にドッカリと座った。

「話を戻すけど、そんなわけで明日、河合から真相を聞き出すつもりなんだけど、警戒されちゃ困るから、ナズナが何食わぬ顔で呼び出してもらえないか？」

再び捜査の話となり、我に返って顔を上げた。

「あ、うん。それはもちろん構わないけど」

「なるほど、いっちゃんは、E組の河合千尋が『昇龍』の黒幕だって見当をつけたんだ？」

だから、いっちゃんって呼ぶなよ、と一夜は顔をしかめ、私は驚いて目を見開く。

「十夜、E組の生徒を知ってるんですか？」

「うん。仕事だからね。僕は一夜のように学校に入り込んでなくても、君たちが調べてくれた報告書があるから、学校にいるのと変わらないほどに学園のことを把握しているつもりだよ」

「そういえば、さっき学園の様子を見てたって言ってたけど、なんのことだよ？」

「ああ、先日、人を雇って校門が見える位置にカメラを取りつけてもらったからね」

カメラ？　と一夜は眉《まゆ》を寄せた。

「また、俺に何も言わずに、なんでも一人で」

「ごめんごめん、今日伝えようと思っていたんだ」

「ま、いーけどな。……ちなみに兄貴は、河合は関係ねぇと思ってるんだ？」

「関係ないとは、言わないけどね」

「じゃあ、何が言いたいんだよ」

「僕がかつて柴田《しばた》に……刑事だったときに学んだことだよ。『常識にとらわれていると、真実に気づくのが遅くなる』ってね」

その言葉に、一夜は顔色を変えた。

「一夜、今回の犯罪はそんなに簡単なものじゃない。『昇龍』はあくまで『隠れみの』だ。心してかかってほしい」

強い眼差《まなざ》しを見せた十夜に、一夜は息をのんだ。

この人はどこまで、何を知っているのか。まるで、何もかも知っているんじゃないかと思わせる。そんな十夜を前にして、私も圧倒される。

それにしても、と私は彼が言っていたことを振り返る。

校門が見える位置にカメラを仕掛けていた。ということは、麻袋に入った私が拉致《らち》される様子も、そのカメラで確認していたのかもしれない。

「……あっ！」

そうか、龍にメールをした謎の人物『T』。それは、十夜なんだ。

私が顔を向けると、十夜はにっこりと笑みを返す。

何もかも見透かすような、上品な笑みだ。

その奥にひそむ、彼の得体の知れなさを肌で感じ、背筋が寒くなるような気がした。

2

「——すっかり遅くなっちまったな」

事務所から出て、一夜は暗くなった空を眺めながら少し申し訳なさそうに言う。

龍は店の手伝いがあると先に帰っていた。

「家の人、心配してないか？」

「ちゃんと連絡してるから大丈夫」

祖母には、友達と遊びに行くから遅くなる、と既に伝えていた。

一夜は、御《お》池《いけ》通の地下にある駐車場に車を停めているらしく、私たちは木《き》屋《や》町《まち》通を南に向かって、ぶらぶらと歩いていた。

木屋町通は、車が行き交うのがやっとなくらいの狭い道だ。

左側には町家が軒を連ね、右側には高瀬《たかせ》川という小川がさらさらと流れている。

川沿いには、桜の木が並び、花びらを揺らしていた。

すっかり暗くなっているので桜はライトアップされていて、より情緒のある光景だ。

「こんなところが普通の道だなんて信じられないね……」

素敵……と洩らす私に、一夜は小さく笑う。

「まあ、やっぱ京都は風情があるよな」

うん、と私はうなずき、そうだ、と顔を上げた。

「聞きたかったんだ。十夜が言ってた『柴田』って誰のこと？」

「ああ……柴田さんは、十夜の親友。俺もすごく慕ってた人だよ」

「慕ってた、って？」

「……死んじまったんだ」

息をついてそう答える一夜に、私は驚いた。

「そ、それは、十夜の退職と関係あるの？」

「どうして、そんなことを？」

「うーん」

聞いておいた方がいい気がするのだ。ただの勘で、根拠はないのだけど。

「い、一夜の家のことをもっと知りたくて」

弱りながら言葉をひねり出すと、一夜は動きを止めたあと、「仕方ねぇな」と頬を緩ませる。

「十夜に聞いただろうけど、うちの親父は刑事で、殉職してるんだ」

「うん。でも、どうして？」

「捜査中、錯乱している麻薬中毒者に刺されて死んだんだ。だから俺も兄貴も薬物をすげー憎んでる。兄貴は薬物を根絶したいと東大法学部に進んで、キャリア組として警察庁に入庁したんだ」

「麻薬取締官だっけ、そういうのにはならなかったんだ？」

薬物を憎んでいるなら、直接麻薬の取締りができる人になりそうなものなのに。

「……マトリね。兄貴も考えてはいたみたいだけど、最終的に親父と同じ刑事になろうって思ったみたいだ」

へぇ、と私は相槌《あいづち》をうつ。

「警察官は『キャリア組』と『ノンキャリア組』に分けられている。一般人から見れば、みんな同じ警察官かもしれないけど、実際はかなりの大きな差があるんだ。キャリア組っていうのは、超難関と言われている特別な国家公務員試験にパスした人間にしかなることができない。階級もノンキャリア組は巡査から始まるのに、キャリア組は、警部補からスタートするんだよ」

そこまで話した一夜に、私は少し驚いて顔を上げた。

「――え、つまり、キャリア組は新人のときから出世しているってこと？」

「ああ、警部補で入庁して、その後は昇進試験もなく、さらにエスカレーター式に出世していくんだ。同じ警察官でもキャリアとノンキャリの間には、大きな格差と隔たりが存在するらしい」

「……そうなんだ」

「東大法学部を首席で卒業して、キャリア組として入庁した兄貴は、まさにエリート中のエリートで、みんなから遠巻きに見られるような存在だった。だけど、兄貴は志を持って警察庁に入ったわけで、別に『エリート』と崇《あが》められたかったわけでもないし、一目置かれるのも不本意だった。それでも周りの態度は変わることがなくて」

「そうだろうね。想像がつく」

いくら彼が、特別扱いされないことを望んでも、そうはいかなかったのだろう。

「そんな兄貴に、ノンキャリでも臆《おく》せず親しくしてきたのが一人だけいたんだ。

それが柴田さん……柴田浩太《こうた》。兄貴の中学の同級生でノンキャリの巡査だったんだ。柴田さんとの再会のとき、十夜は楽しそうに話してくれたよ」

一夜はそこまで話し、遠くを見つめるような目を見せた。

*

出会いは、十夜が警察施設内の廊下を歩いている時だと聞いた。

『うわ、お前、樋口だろ？　俺だよ俺、覚えてねぇ？』

すれ違うなり、屈託のない笑顔で近寄ってきた男がいた。その馴《な》れ馴れしさに十夜は訝《いぶか》しく思ったらしい。

『オレオレ詐欺ですか？』と十夜が一瞥《いちべつ》をくれると、その男は噴き出した。

『樋口、お前って相変わらず意外と面白いのな。冷静な顔してそういうことをポロッと言うから、余計ウケるっていうか。中学んときもそんな感じだったよなぁ』

『……中学？』

『マジで覚えてねぇの？　俺、柴田浩太だよ』

ニッと白い歯を見せる彼に、十夜は『あっ』と目を見開いた。

『マメ柴《しば》……いや、柴田か』

『そう、マメ柴・柴田です』

『失礼した』

『いーんだよ、今も上司にマメ柴って呼ばれてるんだ』

　明るい笑顔を見せる彼を前に、十夜は急に溢《あふ》れ出るように、中学時代のことを思い出した。

　彼はクラスで一番小さくて、大きな目に女の子のような可愛らしい顔立ち。それでも他の誰よりもパワフルで行動力があり正義感の強い、そんな少年だった。

『樋口はキャリア組なんだ？』

　あらためてそう尋ねられ、十夜は彼にまで壁を作られることを懸念しながらも、ああ、とうなずく。

『学年一の秀才だったもんな。さすが、同中として鼻が高いぜ。とはいえ、同じ警官同士だ。がんばろうな！』

　明るい笑顔で、背中をパンッと叩《たた》く。

　そんな柴田を『身の程知らずで、無遠慮な奴』と言った人間もいた。だが、十夜は違っていた。

　今まで勝手に一目置かれて、勝手に隔たりを作られてきた十夜にとっては、言葉に表せない嬉《うれ》しさを感じた。

『ああ、よろしくな、マメ柴』

そうして、十夜と柴田は、親友になった。

柴田は警官になっても子どもの頃のように人懐っこい雰囲気で一見、お調子者のムードメーカー。だが、やるときはやる行動力と人一倍の正義感を持ち、十夜に対してだけではなく『警察にキャリアもノンキャリもない』と心から思って行動していた。

十夜はそんな彼のことを心から信頼していた。

柴田は上司にも可愛がられ、ノンキャリの出世頭と囁《ささや》かれ、彼の警官人生は順風満帆だと思われていた。

だが、彼は、自分の人生を左右する出来事に遭遇する。

上司である巡査部長・矢沢国男《やざわくにお》が、取り締まった犯罪者を自らの判断で逃がしているのを目撃したのだ。

矢沢は優しく温厚な警察官だった。柴田も最初は温情で逃がしたのかと思った。

どういうことなのか、柴田は、矢沢を調査し始める。

矢沢は、ノンキャリであるにもかかわらず、警察組織内において絶大な影響力を持っていた。彼はいわゆる『人たらし』。キャリア組幹部にも期待されていた。

十夜自身も、矢沢を慕っていたらしい。

だが、柴田だけは、『あいつは、なんだか匂う』と十夜には洩《も》らしていた。

柴田は独自に捜査を進めていく中で、ある疑惑にぶつかった。

『あいつ、押収した薬物を懐に入れて、裏で何かを始めているみたいなんだ』

そう言う柴田を十夜は否定するつもりはなかったが、考えすぎだろうと思っていた。

だが、結局、柴田の勘は当たっていたのだ。

路上で取り締まった犯罪者を検挙せずに、説教だけしてあえて見逃していた矢沢は、外の世界で自分の『組織』を作っていた。

警察組織内で影響力があったというのも、実際には人徳ではなく、キャリア組幹部の弱みを握って、いいように操っていたのだ。

ある日のことだ。

『十夜、ようやく決定的な証拠をつかめそうだ』

と、柴田から電話が入った。

それが、十夜が彼と交わした最後の会話だった。

その日、柴田は勤務中に何者かに刺されて、殉職。

十夜は、すぐに柴田の捜査を引き継ごうと立ち上がった。

捜査を始め、今度こそ矢沢の不正の証拠をつかみかけた直後に、十夜も何者かに腰を撃たれたのだ。

*

「そうして、十夜は不自由な体になってしまったんだ」

一夜がそこまで話した時には、ようやく、御池通前の京都市《きょうとし》役所《やくしょ》が見えてきたところだった。そのレトロな石造りの建物は、まるで美術館のように芸術的で、市役所には見えない。

「それで、その矢沢って警官は？」

「姿を消したよ」

「もしかして、十夜が辞職したのは、警察組織に幻滅したから？」

「いや、矢沢捜しに集中したいから退職したんだ。刑事をやっている以上、そればかりしてられないだろ？」

うん、と私は沈痛な面持ちでうなずく。

「十夜は後悔してるんだよ。親友を信じきれずに亡くしてしまったこと……葬式のときも涙すら見せなかった。きっと泣けなかったんだろうな」

おそらく、十夜は元々鋭い人だろう。けれど、今の研ぎ澄まされたような彼を作ったのは、その苦い過去の経験かもしれない。大切な人を亡くし、自らも死の淵《ふち》を見た手負いの虎。それだけに、爪と牙《きば》が、より鋭利になったように思える。

「俺はさ、そんな十夜に協力してやりたいって大学を辞めたのに、矢沢に関する捜査に加わらせてくれないし……だから俺も、どこかいじけて過ごしてたな」

一夜は独り言のようにつぶやいて、面白くなさそうな顔をする。その姿を見て一夜が十夜の役に立ちたいと強く思っているのが伝わってきた。だから、私が理事長に雇われた一人なのかもしれないと思った時、あんなに必死になっていたのだろう。

「ねぇ、一夜、今できることをがんばろぅよ。『昇龍』も薬物に関与してる。しっかり解決しよう」

私が強い口調で伝えると、一夜は、「そうだな」と優しく微笑んだ。

そうだよ、私も本気になった。自分のできることをがんばろう。

「ナズナを送った後、俺は夜の捜査に行くことにするよ」

「……夜の捜査って、もしかして夜の街にくり出すの？」

冷ややかに問うと、ばーか、と一夜は肩をすくめる。

「そんなんじゃねぇよ、ちゃんとした仕事だ。これから、夜の学校に行くんだよ」

「どうして？」

「『昇龍』の連中が、夜の校舎に忍び込んで悪さをしているかもしれないんだ。調査に行こぅと思って」

「悪さをしているのを見かけたらどうするの？　捕まえるの？」

「あくまで調査と証拠集めだよ。副総長を捕まえる前に大ごとにはしたくねぇしな」

「そっか」

すぐに捕まえるわけではなくても、証拠は多いに越したことはない。

夜の校舎に忍び込んで、調査をする。まさに、探偵の仕事って感じだ。

私は、うなずいて、身を乗り出した。

「一夜、私も一緒に行く！」

3

そうは言ったものの、夜の学校というのは、どうしてこう気味が悪いものなんだろう？

闇の中、月明かりに浮かぶ校舎を見上げて、寒気を感じ、自分の体を抱き締める。

「ビビってる？」

意地悪く問う一夜に、私は背筋を正した。

「違うよ。ちょっと肌寒かっただけ」

「嘘だろ、お前、こういうのに弱いんだ？　あんなに強いのに」

「……お化けには攻撃できないじゃん」

ぽつりとつぶやくと、一夜はくっくと肩を震わせた。

「しっかし、参ったよな」

少し離れたところから校門をうかがい、一夜は弱ったように頭をかいた。

「……うん」

校門前に、『昇龍』のメンバーが数人、座り込んでいるのだ。

一見、コンビニの前でたむろするヤンキーと同じように見える。けれど……、

「あれは、見張りだよね」

「ああ。こんな風に見張りまでつけてるってことは、ますます、『昇龍』が校舎の中で悪さをしている線が濃厚だな」

「だけど、夜の校舎で、いったい何をするんだろうね？」

「それを調べに行くんだよ」

そうでした、と私はうなずく。

しかし、困った。校舎の周りは高い塀が囲っている。忍び込みやすいのは、鉄柵《てっさく》になっている校門だけなのだ。

奴らを蹴散《けち》らすのは簡単だけど、今は大ごとにはしたくない。

どうしたものかと二人で思っていると、どこからともなく警官が現れ、たむろして

いる『昇龍』メンバーの元へと歩み寄った。

「君たち、こんなところで何をやっているんだ。まだ、未成年じゃないのか？　ちょっと来なさい」

「うわ、やべッ！」「ズラかるぞ」

『昇龍』のメンバーは、慌てたように逃げ出していく。

相変わらず逃げ足の速さだけは、賞賛に値する。

「君たち、待ちなさい！」

警官は彼らの後を追い、気がつくと校門の前には、誰もいなくなっていた。

「ラッキーだね」

「ちげーよ」

「えっ？」

ポカンとする私に、一夜はスマホの画面を見せた。

『いっちゃん、入口は掃除したからね。とはいえ、他の見張りがすぐに駆けつけるかもしれないから、気をつけて』

十夜からのメッセージだ。

「……一夜のお兄さん、夜の校舎より怖いね」

「同感だな」

　二人で苦笑いしながら、足早に校門へと駆け寄り、鉄柵を見上げた。

「登れるか？」

「これなら、楽勝」

　鉄柵に手と足をヒョイッとかけて、そのまま敷地内へと飛び降りる。

「さっすが」

　一夜は楽しげに笑いながら、鉄柵を乗り越えた。

「ナズナ、こっちだ」

　一夜は、すぐに東側へと向かう。

「どうしてこっち？」

「不審な明かりは、決まって東校舎らしい」

「東校舎って、使われてない方の校舎だよね」

　桜花学園の校舎は、東と西に棟が分かれた『コ』の字になっている。

　当初は学生も多く、一学年何クラスもあったそうだ。その頃は、東も西も使われていたけれど、少子化や経済の悪化の影響により生徒が激減し、東校舎の方はほとんど使われていない。

　かろうじて『理科室』や『保健室』という特別教室があるものの、空き教室が多く、倉庫化している。そのためか、東校舎だけは、まだ新しいのに荒《すさ》んだ印象だ。

こそこそと校庭を小走りで駆け抜けて、東校舎へと回る。

「どうやって忍び込むの？　全部鍵《かぎ》がかかっているんだよね？　やっぱり窓を割ったり？」

「忍び込む必要はねーんだ。理事長から鍵を借りてきてる」

「そっか、一夜は理事長に正式に雇われた探偵だものね」

「そういうこと」

一夜は、東校舎端の非常口のドアノブに鍵を差し込んだ。

「……開いてる」

小声でポツリとこぼした一夜に、私は、えっ？　と眉根《まゆね》を寄せた。

「鍵がかかってなかったってこと？　やっぱり『昇龍』が中にいるのかな」

「可能性はあるな。音を立てないように気をつけろ」

分かった、と私たちは、息をひそめながら、校舎に侵入する。

長い廊下は、窓から差し込む青白い月明かりだけ。

やはり、夜の校舎はゾッとする。けれど、『昇龍』がすでに校舎の中で悪さをしているかもしれないと思えば、気が引き締まる。

保健室がある一階廊下を渡って、警戒しながら階段を上る。二階に着き、そっと廊下の様子をうかがうも、人の気配はなかった。

今は使われていない教室が並んでいる。こう見ると、廃校舎のようだ。

二人で足音を立てないように歩く。

今のところ、特に異状はない。本当に『昇龍』が潜入しているんだろうか？

一夜は、空き教室を注意深く眺めながら、『美術室』の前で足を止めた。

ちなみに、美術室は西校舎にもあり、こちらは『旧美術室』と呼ばれている。

主に、美術の授業に使用する道具の倉庫に使われているそうだ。

一夜は何も言わずに、旧美術室の引き戸をそっと開けた。

静かに開けたとはいえ、ガラリと音が出て、心臓が跳ねる。

一夜は、不審そうな様子で、懐中電灯のスイッチを入れ、床を照らす。

何かに白い布が掛けられていた。

「この前、チェックした時は、こんなものはなかったんだよな」

一夜はそう言って布をめくる。そこには、絵画が重ねられていた。

「あ、これ、富裕層ん家《ち》の名画じゃない？」

「なんだそれ？」

「真鍋先生が言ってたよ。生徒に見せるために貸してくれてるって」

私たちは、絵画を確認する。名画かどうかは分からない。

「……もしかして」

「えっ？」

一夜は素早く革手袋をして、額をはずした。

額をはずすと札束が敷き詰められていた。

「何これ？　どうしてこんなお金が……」

「きっと金持ちの隠し金だな」

私は、ギョッと目を剝《む》く。

「脱税ってこと⁉　それがどうして学校に？」

「そこまでは、今は分からないけど。とりあえず証拠を押さえておこう」

一夜はすぐに、ポケットから小型のカメラを出して絵画の写真を撮る。すぐにカメラからフィルムを取り出していた。

「それ、もしかして、フィルムカメラ？」

「ああ、デジカメよりも、証拠として強いんだ」

「すぐフィルム取り出しちゃうなんて、もったいない」

「証拠を撮ったら、すぐに取り出して隠しておくんだよ」

一夜はそっけなく言いながら、新たなフィルムをカメラに装填《そうてん》していた。

なるほど、探偵という感じだ。

「しかし、思った以上の収穫だったな」

元の状態に戻しながら、一夜は少し興奮気味に言う。

「それじゃあ、もう帰ろうか」

嬉々《きき》として顔を上げた私に、一夜は呆《あき》れたような目を見せた。

「ここはまだ二階だろ？　三階のチェックが終わってからな」

「あ、そうか」

懐中電灯の明かりを消して、静かに美術室を出る。

廊下の状態を確認し、階段へと向かう。

やっぱり怖い、と足がすくむ。

特に三階は、昼間でも恐怖を感じさせる『理科室』があるのだ。

ホルマリン漬けの瓶や人体模型を見ても、声を上げないように気を付けないと。

階段を上りきった時、一夜が、止まれとばかりに手を上げた。

どうしたの？　と、私は小声で訊《たず》ねる。

一夜は何も言わずに、口の前で人差し指を立てた。

どうやら、三階に誰かいるようだ。

首を伸ばして確認しようとした時、ガラリと引き戸が開く音が廊下に響いた。

「ッ！」

バクンと心臓が跳ねて、私たちは身を隠す。

「おい、ちゃんとしまったか？」

「大丈夫、確認したよ」

そんな声も聞こえてきた。

とても落ち着いた口調で、『昇龍』のメンバーの会話とは思えない。

「それじゃあ、行こうか」

彼らは教室を出て、こちら――階段に向かっている。

一夜は、私に目配せをして、素早く階段を下り始めた。

ここは、とりあえず、引こうということだ。

私たちはなるべく足音を立てないよう階段を下りる。

だが、まったく音を立てないというのは、不可能だ。

踊り場を曲がったところで、

「誰だ、誰かいるのか？」

階上から男の声が響いた。

気付かれた、と私と一夜は顔をしかめる。

「仲間じゃないのか？」

「仲間だったら逃げないだろう」

男たちは、ドタドタと階段を駆け下りてくる。

一夜の誘導に従い、私たちは、とりあえず二階の柱の陰に隠れた。

美術室とは、反対側に位置するところだ。

どうして二階に隠れるのだろう。一階まで下りた方が逃げやすいのに。

そう思いながらも、一夜と共に柱の陰で息をひそめていると、男たちがドタドタと一階へと下りていく音が聞こえた。

そうか。一階まで逃げずに、二階に留《とど》まったのは、裏をかいたわけだ。

「おかしいな、誰もいない」

「やっぱ、気のせいだったんじゃねーの?」

そんな声も一階から聞こえてくる。夜の校舎は、声が響くものだ。

「とりあえず、念のため、確認してから帰ろうぜ」

「ああ」

彼らは、階段を上ってきている。

どうやら、二階をチェックするようだ。

バクバクと心臓が音を立てる。

どうしよう、こんな柱の陰なんて、すぐに見つかってしまう。

身構えた瞬間、ガラリと引き戸が開く音がした。

彼らは、美術室の引き戸を開けたようだ。

「……異状はないようだな」

「ちょっと、神経質になってるんじゃねぇの？」

「まぁな。大きなプロジェクトの前だ。過敏にもなるさ」

ハハハッと笑って、男たちは階段を下りていく。

安堵《あんど》のあまり力が抜けそうになりながらも、そっと覗《のぞ》く。

ちらりとだが、彼らの姿が見えた。

三年生のネクタイで、真面目そうな生徒だった。『昇龍』とは思えない。

彼らの気配がなくなった後、私は息をついて顔を上げて一夜を見る。

一夜は、顔色を失くしていた。

「どうかしたの？」

「今いた男たちは、三年の生徒会の役員なんだよ」

静かにそう告げた一夜に、私は絶句した。

4

学園を抜け出したあと、私たちは再び探偵事務所のオフィスに戻った。

「お疲れさまだったね、二人とも」

十夜は、ココアが入ったマグカップをテーブルに並べながら笑顔を見せる。

一夜はわざとらしいほど盛大に息をついて、長椅子にもたれた。

「あー、マジで、疲れた。気ぃ張ったし」

それは、私も同感だ。

マグカップをそっと手にして、熱々のココアにフーッと息を吹きかける。

「私、こんなにハラハラしたのは、生まれてはじめてかも」

その気になれば、やっつけることはできた。それでも隠れなきゃいけない状態が、こんなにハラハラするなんて思わなかった。

「見付からないでいてくれて助かったよ。小物を捕まえて、大物を逃してしまっては元も子もないしね」

弧を描くように柔らかく目を細める十夜に、私は思わず肩をすくめる。

「はい、そう思って、がんばりました」

「大物どころじゃねーな、あれ」

一夜は息を吐くように言って、前髪をクシャッとかき上げた。

本当に『大物』どころじゃない、とんでもない獲物だ。生徒会役員の二人が校舎から出たことを確認したあと、私たちは彼らがいた理科室に侵入した。

そこにあったのは……。

「薬品棚の奥に、白い粉が入った袋があった」

　一夜はそう言って、フィルムを十夜に向かって軽く放る。

「理科室の薬品棚に麻薬か。まさに、木を隠すなら森だね」

「それだけじゃねぇ」

「うん？」

「美術室には絵画の裏に札束、東校舎屋上の立ち入り禁止フェンスの向こうでは、大麻が栽培されてたよ」

「これまた、ずいぶんと大胆だね」

　十夜は、苦笑しながらも、ある程度予測を付けていたようだ。

　でも、と私は二人を見る。

「もう犯人は確定したようなものだよね？『昇龍』を操っているのは生徒会だったんだ。つまりだよ、副総長は生徒会の人間ってことじゃない？」

　そう言った私に、一夜は真剣な表情で腕を組んだ。

「……ありえない話ではないな」

「そうだよ、遼太郎も千尋も関係ないんだよ。全部生徒会だよ」

　幼稚な犯罪は、すべて『昇龍』単独のしわざなんだろうけど、悪質な知能犯を思わせる犯罪は、生徒会が糸を引いているに違いない。

絶対に許せない。明日にでも、ピッタリ張り込んでさらなる証拠をつかんでやる。

グッと拳《こぶし》を握りしめていると、ふわりと大きな手が頭を撫《な》でた。

驚いて顔を上げると、十夜が優しい目を向けている。

「君のまっすぐな正義感は、僕の親友を思い出させてくれるよ」

彼の親友とは、一夜が話してくれた、柴田浩太という警官のことだ。

「その正義感はすばらしいけれど、あまり無茶はしないで。君にはいつでも、自分の身を優先に考えて行動してほしい」

その言葉に、胸が苦しくなった。

彼の親友は自らが信じた正義を貫いて、命を落とすことになってしまったんだ。

「二人が言うように、確かに生徒会はキナ臭い。だけど、こっちの調査は慎重に行った方がいいな。『昇龍』のメンバーと違って、単純ではないだろうしね」

落ち着いた口調で十夜に諭されて、私も少し冷静になり、はい、とうなずいた。

彼の言う通り、生徒会を相手にするのは、私には荷が重いかもしれない。

なんたって、A組軍団だ。

「ああ、ナズナちゃん、今夜はもう遅いから、一夜に送ってもらうといい」

そうだな、と一夜は腰を上げる。

「はい、ありがとうございます」

私は鞄《かばん》を持って、立ち上がった。

そうだ、今夜は明日のためにゆっくり休もう。

この時の私は、翌日、学園内が戦争状態になることを、夢にも思ってなかった。

5

そうして、翌日の昼休み。

私は、『一夜のことで相談したい』と言って、河合千尋を誰もいない体育館用具室に呼び出した。

このことは、一夜に報告していなかった。一夜は千尋があやしいと言っていて、私もあの時は『そうかもしれない』とは思ったけれど、やはりどこか信じがたい。

もし、千尋がかかわっているとしても、操られている可能性もある。

それなら助けてあげたい。

「ナズナちゃん、樋口のことで折り入って相談って？　やっぱり浮気が絶えないの？」

千尋は、大きな瞳《ひとみ》を潤ませて心配そうに私を見つめる。

私は会話を録音するため、メッセージをチェックするふりをしながら、スマホを操作してポケットに入れた。

「……一夜のことで相談があるって言ったのは嘘なの」

私は、ごめん、と千尋に向かって両手を合わせた。

えっ？　と千尋は不思議そうに小首を傾げる。

「どうして、そんな嘘をついたの？」

「千尋に聞きたいことがあったの。この前、屋上に誘ってくれたのはどうして？」

「それはもちろん、ナズナちゃんと一緒にお弁当を食べたかったからだよ」

千尋は屈託のない笑みで、そう答える。

「そういうことじゃなくて、どうして私を『屋上』に誘ったの？」

しっかりと視線を合わせて問うと、千尋は動きを止めた。

「屋上は『昇龍』のたまり場で、普通の生徒は近づかない場所なんだよね？　わざわざ、そんな場所に私を誘ったのはお弁当を一緒に食べるためじゃなくて、『昇龍』に私を引き渡すためだったんだよね？」

きっと、千尋は脅されてやったのだろうし、ここで真相を話してくれたら……。

そんな気持ちでいると、千尋は大きな目をさらに見開いて、身体を小刻みにふるわせた。目には涙が浮かんでいる。

「えっ、ナズナちゃん、どうしてそんなこと言うの？」

「『昇龍』の奴らに囲まれたとき、千尋はからまれたようでいて、怪我ひとつさせられてなかったよね？」

そう言うと、千尋はうつむき黙り込んだ。細い肩が震えていて、なんだか私が一方的に言いがかりをつけて責めてるみたいだ。

「ごめん、千尋。ただ不自然に思って……」

千尋に手を伸ばしたそのとき、指先にバチッと激痛が走った。

「痛ッ」

慌てて手を引くと、千尋がスタンガンを手に歪《ゆが》んだ笑みを浮かべていた。

「バカ女かと思えば、意外と頭が回るんだな。それとも、鼻が利くだけか？」

千尋は、バチバチとスタンガンを光らせながらクックと笑う。

一体これはどういうこと？

私が状況をのみ込むまでに、ほんの少し時間がかかった。

額に冷たい汗が滲《にじ》む。

千尋が副総長かどうかはまだ分からないけれど、確実に黒だったようだ。

「ナズナちゃん、君がえらく強いこともすばやいことも知ってるけど、僕も素早さだけは自信があるんだ。君に攻撃される前に、これを身体に押しつけることだってできるんだよ」

千尋はポケットに手を入れて、バチバチと光るスタンガンを両手に持った。

両手にスタンガンとは、なかなかインパクトのある姿だ。

だが、足を払ってしまえばそれまでだ。

すぐさま私は、千尋の足を払おうと回転するも、彼は言葉通り素早い身のこなしでジャンプして用具室の跳び箱の上に飛び乗った。

「――ッ！」

本当に、速い。

「……へえ、素早さに自信があるってのは、口だけじゃないみたいね」

「嬉《うれ》しいな、ナズナちゃんに褒められるなんて」

千尋は、えへへ、と微笑む。真実を知った今も、愛らしさを感じさせる天使の笑顔であり、背筋が寒くなる。

「だけど気絶してもらうけどね！」

千尋は叫びながら、両手にスタンガンを持って飛びかかってきた。

「危なッ」

私はそれを避《よ》けながら、手を叩《たた》きつけてやろう、と手刀を落とすも、かわされる。

狭い体育館用具室の中。跳び箱やボールを入れているカゴを倒しながら、攻防する。

スマホのレコーダーアプリで会話さえ録音しておけばそれでいいと思って、一夜に報告せずに勝手に行動したのは、失敗だったかもしれない。まさか、千尋相手にこんなに苦戦するなんて思わなかった。

『お前は自分の強さを過信してる』

『無茶はしないで』

樋口兄弟の言葉が脳裏を過《よぎ》り、苦い気持ちになった。

本当にそうだ。私は自分の力を過信していた。だけど、こうなったらやるしかない。

「はいッ！」

拳を振り上げて殴りつけようとするも、千尋は軽い身のこなしでそれをかわす。

「ねぇ、なんだか僕たち牛若丸《うしわかまる》と弁慶《べんけい》みたいだと思わない、弁慶ちゃん」

千尋は、楽しげに笑って、シュッとスタンガンを突きつける。

私をそれをかわしながら「誰が弁慶よ」と睨《にら》みつける。

「大人しくそろそろ当たってよ、ナズナちゃん」

千尋の息が上がってきている。

「もう、体力が尽きそうじゃない？」

「うん、僕は体力バカじゃないからね。にしてもやっぱナズナちゃんはただの女の子じゃないね。普通ならとっくに当たってるよ」

「そんなのに当たるほど、私は間抜けじゃないわよ、っと」

繰り出されるスタンガン攻撃をよけながら、私は自分の上靴を脱いで、千尋の顔面に投げつけた。

「ッ！」

千尋は、まさか上靴が飛んでくるとは思わなかったようだ。見事、顔面にクリーンヒットし、『バシッ』という痛々しい音が響いた。

私はよろめく千尋の背中に馬乗りになり、手にしているスタンガンを奪い取る。

「さあ、武器がなくなれば、あんたはただのサルよ」

「やだな、サルより可愛いけど？」

床にうつ伏せに押さえ込まれながらも、茶化すように笑う千尋にいら立ちを感じ、手首をつかんでねじるように締め上げた。

「いてて」

「さあ、話しなさい。あんたが『昇龍』の副総長なの？」

「さあ、どうだろうね」

「ったく、この期に及んで」

さらに千尋を締め上げていると、突然、体育館用具室の扉が勢いよく開いた。

「何やっているんだ、お前たちは！」

担任のマジメスグルこと真鍋が、顔色を変えてこちらを見ている。

「助けて！　彼女が僕を拘束して痛めつけた挙句、淫《みだ》らなことをしようとするんだ」

泣くように叫ぶ千尋に、ギョッとした。

「な、何言ってるのよ、そんなことするわけないでしょう！」

だが、今現在、私は千尋の上に馬乗りになってる。説得力がない。

「二宮……お前、ちょっと職員室に来なさい」

「先生、違うんです！　千尋はあの悪名高き『昇龍』を裏で操っていた副総長で」

必死で言う私に、真鍋は真顔でこちらを見据えた。

「何を言ってるんだ？」

「先生、彼女はちょっと頭がおかしいんです！」

「ちょっ、なんてこと……」

「ああん、怖いよ」

「話は職員室で聞くから。いいから来なさい！」

真鍋が私の腕をつかみかけた時だ。

「そこまでだ」

用具室に男の声が響いた。

顔を上げると、扉の前には龍の姿があった。

どうしてここに龍が？

そう思うも、真鍋の方が私よりも驚いた様子を見せている。

龍のすぐ後ろには、一夜の姿があった。

どうやら龍をここに連れてきたのは、一夜のようだ。

「よう、キン」

口角を上げながらそう言う龍に、真鍋は体をビクッとさせた。

えっ？　と私は目を見開く。

「キンって、真鍋先生が、副総長？」

次から次へと出てくる意外な出来事に、私は千尋の上に乗ったまま、呆然《ぼうぜん》と口を開いていた。

6

思いもしない言葉に頭が真っ白になる。

「マ、マジメスグルが副総長って……どういうこと？」

私の問いに、一夜は顔を確認するように、チラリと龍を見た。

「龍、間違いないだろ？」

龍は、ああ、とうなずき、真鍋を睨む。

「間違いねぇ。こいつがキンだ。久しぶりだな」

真鍋は顔を引きつらせながらも、すぐにハハッと笑う。

「何を馬鹿なことを……私が暴走族なわけがないだろう」

そうは言っても、恐らく誰よりも龍の怖さを知っているのだろう。

声と身体がガタガタと震えている。

「そ、それに副総長は、総長に素顔をさらしたことなどないはずだ！　私が副総長だとなぜわかる？　言いがかりをつけるのはやめたまえ！」

真鍋は、恐怖がピークに達したのか急に、ヒステリックに金切り声を上げる。

自滅とはこのことだ。

「副総長が総長に素顔をさらしたことがないって、どーしてお前が知ってるんだよ」

私たちの声が揃った。

「ッ！」

「真鍋、それに俺たちは証拠をつかんだんだ」

一夜の言葉に、真鍋は「証拠だと？」と鼻で嗤《わら》う。

「保坂！」

一夜が用具室から見えるステージに向かって声を張り上げる。

それを合図に幕の陰から遼太郎が、姿を現わした。

「えっ、遼太郎？」

遼太郎は、ふっ、と笑って階段を降りてくる。

「……この前、君と樋口の話を聞いてしまったんだ。それで僕も、もしやと思って、叔父《おじ》の部屋にお邪魔した時、目を盗んで調べさせてもらったんだよ。そしたらこれが」

そう言って遼太郎は、袋の中から特攻服と金髪のウィッグを出した。

「っ！」

真鍋は顔色を失くし、口に手を当てた。

「りょ、遼太郎も、真鍋をあやしく思っていたの？」

「ちょっと変だなと思うことがあったのと、僕と叔父の走り方はそっくりでね。変な走り方なんだよ」

遼太郎がそう言うと、真鍋は真っ赤になって叫んだ。

「変な走り方って言うなぁ！」

どうやら、とても気にしていたようだ。

「それは、生徒から押収したものだ。こんな物が証拠になるか！　お前も叔父を陥れようとするんじゃない！」

真鍋は、遼太郎から袋を奪い取り、床に叩《たた》きつける。

「やめろ、キン！」

龍が怒鳴ると、真鍋は魔法にかかったように直立し、硬直する。

「お前の声も背恰好《かっこう》も間違いなくキンだ。俺を前にしてビクつくその癖もな」

龍は真鍋の首をグッとつかみ、壁に押しつけた。

「別にセンコーが変装してチームに入ってたっていいさ。副総長になって威張り散らすのも、喧嘩《けんか》や抗争も勝手にしろって感じだ。ただ、クスリや売春は許せねぇ。お前は『昇龍』の看板を、人を食い物にして金稼ぎするための道具にしやがった」

龍が拳《こぶし》を握りしめると、真鍋は目に涙を浮かべながら、首を振る。

「ち、違う！　私は確かに変装して『昇龍』に入り込んで、たまにストレス解消に気に入らない生徒の親の車をボコボコにしたり、私を蔑《さげす》むような目で見た女の愛犬に落書きをしたが、クスリや売春組織を立ち上げたのは私じゃない！」

必死に叫ぶ真鍋に、私と一夜の顔がひきつる。

それも十分に悪いことだ。泥棒はしてないけど、万引きはしましたって言ってるようなもの。どちらもしっかり犯罪だ。だけど、真鍋が『昇龍』の副総長だったのはハッキリした。

「どういうことだよ、お前じゃねぇ誰かがやったってことか？」

「私は本当にストレスが溜《た》まっていたんだ。問題児ばかりのE組を担任して、歩くたびにマジメスグルと生徒にバカにされ、走ると変な走り方と笑われ……」

そこから、真鍋の語りが始まった。

そんな時、『昇龍』の生徒から没収した金髪のウィッグと特攻服を見て、つい出来心で袖《そで》を通してみたそうだ。

真鍋は、学生の頃から校則ひとつ破ったことがない、真面目一直線。制服を着くずすことも、髪を染めることすらしたことがなかった。

そんな真鍋が特攻服を身にまとい、金髪のウィッグをつけ、マスクとサングラスをして街を歩いたとき、皆が恐れた。

それが快感になって、やがて真鍋は集会に顔を出すようになったそうだ。

真鍋はそこまで話し、大きく息をつく。

「総長、あなたと一緒に夜の街を走り抜けるのは本当に爽快《そうかい》だった。私は子どものころから勉強漬けで、ろくに外に出たこともない人間だったしね。そんな自分が『昇龍』に紛れ込んで、誰もが恐れてくれることに調子に乗って悪さをしたことは認める。だがクスリも売春も、私が差し向けたことじゃない。それは信じてほしい」

「ったく、そんじゃあ、誰なんだよ！」

横で話を聞いていた一夜がそう叫んだとき、『ピンポンパンポン』と校内放送の音楽が流れた。

『緊急放送です。緊急放送です。体育館用具室から火災が発生いたしました。生徒たちはすみやかに退去し、安全確保のため、本日はそのまま帰宅してください。一酸化炭素が発生している可能性もありますので、体育館には決して近づかないでください。これは訓練ではありません。繰り返します……』

そんな校内放送に、私たちは顔を見合わせた。

「え……体育館用具室って、ここだよね？　火事なんて起こってないけど？」

戸惑いながら用具室を見回していると、一夜は「やられたな」と舌打ちした。

「やられたって？」

「体育館を見りゃわかるよ」

用具室から扉の外に目を向けた一夜に、「ん？」と首を伸ばした。

そこには相変わらずイヤミな顔をしている教頭と、解散した『昇龍』の元メンバーたちがズラリと並んでいる。

「へっ、教頭？」

「真の黒幕登場だな」

静かに告げた一夜に、「ええ？」と私は目を見開いた。

頭が話についていくのに精一杯だ。

それでも、一番大事なことはハッキリ分かる。

『昇龍』の真の黒幕は……あのいけ好かない教頭だったのだ。

教頭を筆頭に、すぐ後ろには、夜の校舎で見た二人の男——そう、生徒会役員だ。

その背後にズラリとヤンキー集団が待機するように並んでいた。

今も流れる非常ベルと館内放送。

なんて、異様な光景だろう。

「ありがと、助かったよ、パパ」

いつの間にか、千尋が教頭の隣に立っていた。

「パ、パパぁ？　千尋と教頭って親子だったの？」

「やだな、ナズナちゃん。親子の関係だけを『パパ』って呼ぶわけじゃないんだよ」

千尋はそう言って、教頭に甘えるように寄り添った。

「なにそれ、もう、頭の容量オーバーなんだけど」

私が額に手を当てている横で、龍が首を傾げていた。

「親子じゃないのに『パパ』って呼ぶってことは、養子か何かってことか？」

「たぶん、そうでしょうね」

「…………」

横で龍と遼太郎がそんな素っ頓狂《とんきょう》な会話をしてくれたおかげで、少し頭が冷えて冷静になれた。まっすぐな彼らにはパトロンをパパと呼ぶなんて思いつかないのだろう。

しかし悪いけど、今はそんなしょうもないボケに「んなわけねーだろ」と突っ込まない。

一夜は、ふう、と息をつき、腕を組んで教頭を見据える。

「なるほどな。お前は、真鍋が副総長になりすましているのをいいことに利用したわけだ」

教頭は、ふっ、と口角を上げた。

「察しがいいな。そう、私は偶然真鍋が暴走族に入り込んでいることを知って、これはいい隠れみのになると思ったんだよ。それで真鍋を泳がせておくことにした。どこかで発覚しても、すべて真鍋と『昇龍』になすりつけることができる。いわばトカゲの尻尾《しっぽ》だ」

その言葉に龍の眉《まゆ》がぴくりと引きつる。

「『昇龍』の……あいつらをどうやって動かしたんだ？　秘密を握って脅したのか？」

「脅す？　まさか。金だよ、金。暴走族だろうが政治家だろうが、金さえチラつかせば動かせる」

顔を歪《ゆが》ませて馬鹿にしたように笑う教頭の姿に、怒りが込み上がってくる。

「信じられない、教育者がそんなこと言うなんて」

「悪いな、お嬢さん。私は教育者になろうと思ってなったわけではなく、この学園を利用するために教育者の立場になっただけなんだよ」

「ど、どうして、学校を？」

「ここの理事長は、人が好《い》いからね。私の前職での信頼もあり、簡単に騙《だま》せたんだ。また、学校の中というのは隔離されたひとつの社会だからだよ。面白いと思わないか？　今だって、校内放送ひとつで生徒たちの行動を操れる。『学校』を支配すると、どうなると思う？　彼らのように優秀な者は我がブレーンとして」

　そう言って教頭は生徒会のメンバーに視線を送り、「強い者は兵士として」と『昇龍』のメンバーに一瞥《いちべつ》をくれた。

「特にこの学園は、最高だよ。政治家や資産家の表沙汰《おもてざた》にできない子どもたちが多く送り込まれている。彼らは、なんとしても親を見返したい。復讐《ふくしゅう》したいんだよ。私はそんな彼らの想いに応《こた》えたいと思った」

　そこまで言って、教頭は腕を組む。

「屋上で公にできない植物の栽培や、美術室で隠し金の協力、理科室で薬物の調合だって行える。『女生徒という商品』のオークションもだ。どれだけの金が動こうとも、ここは世間のイメージは良い学校で、実際、理事長は善人だ。警察には怪しまれない。こんな理想的な場は他にないんだよ」

「なるほどな。それが、屋上の大麻に、絵画裏の札束、理科室の麻薬ってわけだ」

　そう言った一夜に、教頭は眉間《みけん》に皺《しわ》を寄せる。

「そこまで調査していたとはね。今後はさらに、気をつけなければならないな。まだ、この学園の一部しか掌握できていないのだから」

私は顔をしかめて、教頭を見た。

「ここまで証拠をつかんでいるというのに、ずいぶんと余裕なのね？」

「ここからが、取引だ」

教頭がそう言うと、ヤンキーの一人が持っていたバッグのチャックを開けて逆さにした。一万円札の束が、ボトボトと落ちる。

「最初に忠告しておく。私たちは手段を選ばない。ここで君たちを殺すことだって、考えている。竹林に捨てて、『昇龍の行きすぎた抗争』ってことで片付けられるからね。だが君たちが仲間になってくれるなら話は別だ。いい兵士、いいブレーンとなってくれるだろう？　ともに最強の国を作ろうではないか」

続いて生徒会の面々が、爽《さわ》やかな笑顔で手を伸ばした。

「僕たちと仲間になろう。君たちを幹部として歓迎するよ」

彼らを見ていると、さらに胸がムカムカしてくる。

「……どうして、優秀なあなたたちまで、こんなことに加担するの？　そんなにお金が魅力的？」

「ああ、魅力的だね。僕の父は一流の大学を出て、政治家の秘書になった。裕福だったし、周りが羨《うらや》むような家庭だったよ。だけど政治家は不正を働いて、父はその罪をすべてかぶせられ、自殺した。『結果的に道を誤ってしまったけれど、どんなときも仕事に懸命だった彼を誇りに思う』なんて、その政治家が泣きながら挨拶《あいさつ》をしていたけど、僕は反吐《へど》が出そうだった。父はあいつに、いや、この国に殺されたんだ。真面目に進学して、真面目に働くなんて、バカバカしいったらない。法律なんて、あいつら政治家が都合よく作った、他の者を管理するためのシステムだ。そんなのを真面目に守って、社会に飼い殺しにされるなんて、僕はごめんだね。だから、教頭とともに自分たちの国を作るんだ。それは、まさに理想郷だよ。君たちもそこに迎えてやろうと言っているんだ。光栄だろう？」

　生徒会役員の男子は、目をギラギラさせながらそう語る。

　彼に同情するけれど、間違っているのには変わりない。

『馬鹿なこと言わないで！』と私が言おうとした時、横に立つ龍が声を張り上げた。

「……ッざけんな！」

　その瞬間、ビリビリと空気が張りつめる。

「お前ら、このイカレた男にこれからもついていくのか？　目を覚まして気づけよ、お前らはただの捨て駒でしかない！　学校がひとつの社会で国だって？　それじゃあ、そのオッサンが皇帝かよ。そんなオッサンに仕えて兵士だなんて言われてよく平気だな。いいか、独裁政治なんて長く続かねぇ。社会も理想郷もねぇ。この世界は自分だけのものだ！　誰かに仕えたりせずに自分の足で立てよ！　今後このイカレ野郎についていったら、取り返しのつかないことになるぞ！」

強い言葉に、皆が息をのんだ。

さすがはカリスマ総長。言葉に力がある。一瞬にして空気を変えた。

元『昇龍』のメンバーのみならず、生徒会役員たちも動揺していることが伝わってくる。

遼太郎も、素晴らしい、と頬を赤らめている。

教頭は、やれやれ、と肩を下げた。

「交渉決裂ってわけだ。しかしなかなかの演説だね、総長くん。君を仲間にできなくて心から残念だよ」

そう告げたあと、教頭は自らの『兵士』である元『昇龍』のメンバーを見た。

「お前ら、奴らを血祭りにあげたら、いつもの倍払ってやろう。一番活躍した者には三倍だ。昇格もさせてやろう。さっきも言った通り、殺したって構わない。私の力でもみ消してやるよ」

龍の言葉に心を揺らすも、元『昇龍』のメンバーはすぐに金に目が眩《くら》み、「よっしゃあ」と興奮の声を上げている。

「他の兵士も呼んだから、がんばって手柄を立ててね」

千尋がそう続ける。その言葉通り、体育館に続々とヤンキーたちが姿を現わした。

「あーもー、しょうもない。結構な数になってるね、教頭の兵士」

体育館に集まる『兵士』たちを眺めながら小声で洩《も》らした私に、一夜と龍が、「ああ」とうなずく。

「いい、龍、一夜、聞いて」

私は二人を見て、自分の胸やみぞおち付近にポンポンと拳《こぶし》を当てた。

「なんだよ？」

「ちゃんと覚えて。今当てた場所が、一撃で気絶させることができる急所だから」

二人は驚いたように目を見開く。

「そして、遼太郎。あなたは私たちの背後にいて自分の身を護《まも》るの。そして、隙ができたら、なんとしてもここを抜け出して、警察に通報して」

私の言葉に、遼太郎は戸惑いながらうなずく。

「だが、ナズナくん、君こそ後ろにいるべき……」

遼太郎がそう言いかけた時、

「行け、お前ら！」

教頭の声を合図に、うおおお、と勢いよく襲ってくる『兵士』たち。

私たちは、すぐに彼らを迎え討とうと構えた。

「龍と私は前線に、一夜は私たちの取りこぼしを」

「了解、ボス」

少し笑って声を揃える二人に、「やめてよ」と私は苦笑する。

「よっしゃ、それじゃあ行くよ！　龍、奴らを殺すなよ！」

分かってる、と龍はうなずく。

「聞いたか、『殺すなよ』だってよ。だけど悪いな、俺たちはお前を殺すつもりだけどな、お嬢ちゃん！　殺す前にかわいがってやろーか？」

笑いながら殴りかかってきた兵士に、跳び蹴《げ》りを喰《く》らわせた。

バコッという音とともに一瞬にして吹っ飛んだ兵士に、周囲の者たちは驚いたように動きを止め、一夜はヒュウと口笛を吹いた。

「さすがナズナ、いつも以上に鮮やか」

私は着地をして、「ありがと」と笑う。

「な、なんだ、この女……」

恐れをなしたように目を泳がせる兵士たちに「うちの姫はすげーだろ？」と一夜と龍はニッと笑い、遼太郎は絶句する。

「おい！　ビビるな、相手はたった三人なんだから！」

千尋の呼びかけに皆は我に返ったように、再び襲いかかってきた。

「姫の前で、少しいいカッコしなきゃな」

龍はブンと脚を振り回して相手をふっ飛ばし、そのまま回転して、その勢いで他の敵を殴りつける。

流れるように美しい龍の動きに、一夜は驚いたように目を見開いた。

「な、なんて綺麗《きれい》な格闘なんだ」

「一夜、この格闘オタクが。龍に見とれてる場合じゃないよ！」

敵の足を払って急所にひじを当てながらそう言う私に、

「悪い、でも、すげーいいもの見させてもらってる」

一夜も敵を殴りつけながらも、戦う龍から目を離せないようだった。

「って、目の前の敵に集中しないと怪我するよ」

「分かってる。しかし、キリがないな……」

その時、鎖をブンブン振り回しながらウオオと襲いかかってきた敵に「しめた」と拳を握りしめて、腹部の急所を殴りつけた。

グッ、と倒れ込む男からすぐさま鎖を奪い取る。

「前にも言ったけど、武器は奪うものなのよ」

鎖を手にそう言うと、

「姫、カッコイイ」

一夜と龍がパチパチと手を叩《たた》いた。

「って、姫って言うのはヤメテ！」

「それじゃあ、ボス」

「ボスはもっとやめて！」

鎖をヌンチャクのように振って敵を蹴散らしながらも、次から次へとゾンビのように襲ってくる輩《やから》にチッと舌打ちした。

「――本当にキリがないね」

「ナズナ、お前は証拠を持ってる！　今日のところは学園を出て、それを十夜に渡すことが先決だ」

証拠はスマホのボイスレコーダーだ。そう、これまでの会話のすべてを録音している。

「了解、急ぐわよ」

体育館出入口はどこも塞《ふさ》がれて、開いているところは今や一つしかない。

「俺たちは、お前を逃がすことに全力を注ぐから一気に行けよ」

分かった、と私は応じて、たった一つしかない出口に向かって、敵を蹴散らしながら三人で勢いよく走り出した。

「誰か止めろ、逃がすな！」

背中に焦ったような教頭の声が届く。さっきまでの余裕はない。

出口まで到着し、ザマミロと、振り返った瞬間だった。

「逃がさないよ！」

千尋が自分のはいていた上靴をすばやく脱いで、投げつける。

「ッ！」

それは見事に、振り返っていた私の額に命中し、バランスをくずして倒れた次の瞬間、首筋にバチッと刺激が走った。

「はうッ」

そうして不覚にも、私はそのまま意識を失ってしまった。

7

気がつくと私は、地下牢《ちかろう》のような場所で手足を縛られた状態で転がされていた。

目に映るのは冷たい石の床に、鉄格子。

ここは……どこ？

顔を上げると、鉄格子の向こうに、あざ笑うかのようにこちらを見下ろす千尋の顔があった。

「目が覚めた？　ナズナちゃん」

「……千尋！」

「あの攻撃は、ナズナちゃんに教えてもらったものだよね。ありがとう」

千尋は笑顔でそう言う。いつもこの顔だ。

「……それはどういたしまして」

私は上体を起こして、壁に寄りかかるようにして座った。

後ろ手に両手首を縛られて、足首も縛られている。いたいけな女の子なのに、ずいぶんと警戒されてますこと。

少し離れたところには、遼太郎が縛り上げられた状態で転がっていた。

気絶しているのか、ピクリとも動かない。

「ここは……どこなの？」

低い声で尋ねると、千尋は楽しげに笑った。

「もちろんガッコーだよ。教頭がひっそりと東校舎の地下に作った牢屋なんだ」

「やっぱあいつ変態ね。一夜と龍は？」

「一夜は倒れた君を放って逃げ出したよ。総長は君を人質に捕獲できた。今ごろヤク漬けで楽しい思いをしてるんじゃないかな。君のカレシは、やっぱりサイテーだね？」

一緒に捕まらずに逃げてもらった方が私としては気楽だ。一夜は必ず助けに来るだろう。それよりも龍だ。

「……ヤク漬けって？」

怒りに身体がふるえる。

その時、パタンという音が通路に響き、千尋が顔を上げた。

「ほら、来たよ。君の愛人が」

「えっ？」

次の瞬間、両隣にいる男にガッチリと腕をつかまれながら、ダランと首を垂れている龍の姿が目に入った。

「龍！」

牢屋の扉が開かれ、

「ほらよ、入れよ、総長」

と乱暴に押し込まれ、龍は床に倒れ込んだ。

「良かったぜ、総長。また遊ぼうな」

「『昇龍』の総長も部下の慰み物になるなんて滑稽《こっけい》だよね。今度はナズナちゃん、君がかわいそうな総長を慰めてあげなよ」

あははと笑って歩き去る千尋たちに、冷たい汗が滲《にじ》んだ。

「りゅ、龍、大丈夫？」

　再びパタンと扉が閉まり、奴らがいなくなったことを確認すると、龍はヨロヨロと身体を起こして、そっと隣に腰を下ろした。

「……大丈夫だ、何もされてねーよ」

　小声でそう洩《も》らした龍に、「えっ？」と私は眉《まゆ》を寄せた。

「ここにはカメラがついてるらしいから気をつけろ。盗聴もされてるらしいけど、盗聴器はカメラのところについてるからそれほどの性能はないらしい」

「う、うん。でも、何があったの？」

「……お前が倒れたあと、俺は一夜に『お前はとりあえず逃げろ』って叫んで、お前の救出に向かったんだ。けど、結局お前にナイフを突きつけられたことで捕まっちまったんだけど」

　盗聴を警戒して、すぐ隣にいる私にもようやく聞き取れるくらいの小声でボソボソと話す龍に、「それで？」と身を乗り出した。

「俺と真鍋《キン》の甥《おい》はそのまま拘束されたんだ。俺は保健室みたいなところに連れていかれたんだ。ベッドに寝かされて手足を縛られて……」

　龍は壁に寄りかかって、ふぅと息をつき、私が気絶している間に自分の身に起こったことを語り始めた。

＊

ここは、たぶん保健室のベッドだろう。

俺はベッドに両手足を拘束されていた。

「いい姿だね。伝説の総長」

千尋は俺を見下ろして笑いながら、ナイフを取り出す。

「刺すのかよ？」

「ううん、そんなことよりも、もっと君がダメージを受けることをするよ」

千尋は、俺が着ている特攻服を切り裂いた。

「わぁ、すごいカラダだね。さすが鍛えてるんだ」

胸と腹筋があらわになった時、元『昇龍』のメンバーたちがゴクリと唾《つば》を呑《の》んだ。

「これから、彼らの慰み物になってもらうよ。大丈夫、クスリで痛みは感じない。快楽だけになるから。僕って優しいでしょう？」

今度は注射器を取り出した千尋に、グッと唇を噛《か》むと、男たちが興奮した様子で、

「それは俺にやらせてくれよ」

と注射器を奪うように取った。

「なんなら千尋クンもいっしょにどうだよ？　女の子みたいに可愛いからムラムラしてたんだ」

「おっ、いいな、美形の総長と美少年千尋クンを抱けるなんてサイコー」

そんな声を上げた彼らに、千尋は露骨に顔をしかめた。

「そんな冗談はやめろ。とりあえず僕は行くから、総長をたっぷりかわいがってやってよね」

千尋は逃げるように出ていき、保健室には、俺と元『昇龍』のメンバーだけになった。

男たちはハアハアと息を荒くしながらこちらを見下ろした。

「そ、総長」

「……お前ら」

ガッチリと拘束された手足にいら立ちを感じ、チッと舌打ちした。

＊

「——こんな感じで俺は部下たちにヤられそーになったんだ。童貞を失う前に処女喪失するとこだったんだ」

「…………」

沈痛な面持ちの龍の打ち明け話に、盛大に顔がひきつる。

ここは笑っていいんだろうか？　間違いなく『伝説の総長』には口にしてほしくない台詞《せりふ》トップテンに入るだろう。

それはさておき、それよりも早く続きが聞きたい。

「そ、それで、それからどうなったの？」

「ああ、マジで人生最大のピンチだったんだけど……」

龍は顔をしかめながら、話を続けた。

*

「――総長にはこんなもの必要ねーな」

『昇龍』の元メンバーは、注射器の液体を床に押し出して捨てた。

「えっ？」

「総長、すみませんでした！」

戸惑う間もなく、男たちは一列になって、深々と頭を下げた。

「……お前ら？」

「体育館での総長の言葉に目が覚めました！　俺たちは元々居場所のないはみだし者で、総長はそんな俺らにストレスのはけ口と居場所を与えてくれた。俺たちはどうしようもない存在だけど、総長だけは俺たちを人間扱いしてくれた。なのに俺らときたら欲に目がくらんで、人間以下になり下がっていました」

「今からでも遅くなければ、どうか総長を慕わせてください」

　そんな彼らの言葉が嬉《うれ》しくて、胸が熱くなる。

「……分かった、もういい。とりあえずこの縄をほどいてくれよ」

　その言葉に、男たちは顔を見合わせた。

「あ、あの、総長。もちろん、俺たちは総長に乱暴する気なんてないんですが」

「ベッドに縛られて肌がむき出しっていう、その色っぽい姿に我慢ができなくて」

「すみません、腹筋だけさわらせてもらってもいいですか？」

　次々にそう言う元メンバーたちに「はっ？」と目を見開いた。

「すみません、一瞬だけっす！」

　と手を合わせる彼らに、肩をすくめた。

「……腹筋さわるだけなら別に」

　仕方ねぇな、と洩らすと、男たちはうおおと声を上げて、その腹筋に頬を当ててスリスリとこすりつけた。

「総長の肌、マジでたまりません！」

「って、お前ら手でさわるんじゃなくて頬ずりかよ！」

「総長、綺麗《きれい》だ！」

「うおお、総長」

「って、バカ、ある意味これも慰み物だろ！」

「い、いや、純粋に触りたいだけっす」

「すみません、脚も触っていいっすか？」

「ダメだ、バカ！　ってドコさわってんだよ、早くほどけ！　脚のつけ根をさわんじゃねーよ！　ほどけっつってんだろッッ！」

＊

「――と、まぁ、結局慰み物にはなった」

遠い目を見せながらそう告げた龍に、「ご愁傷さま」と私は手を合わせた。

「前に校門で会ったときも思ったけど、ホントにあの親衛隊たちは龍をいろんな意味で慕ってんのね」

「嬉しくねーけどな。それはそうと、ここの扉をブッ壊して強引に出られなくはないかもしれないけど、今出ても体育館のときの二の舞だ。たぶん一夜が騒ぎを起こすはずだから……」

「そうだね、その騒動の最中に出た方がいいと思う」

「とりあえず、お前らの縄をほどこうか？」

「監視カメラが見てるけど？」

「俺は拘束されてない状態で投獄されたんだ。お前らの縄をほどかないのも不自然だろ？」

「そうかも。……龍って意外と、頭回るよね」

「惚《ほ》れた？」

縄をほどきながらニッと笑ってこちらを見る。正直ドキッとする。

「残念ながら、そんなに簡単に惚れないから」

でも、素っ気なく言ってみせる。

だって、ドキッとするのは龍に対してだけじゃない。

そう思っていると、龍は小さく息をついて、そっと私の頭に手を載せた。

「えっ？」

戸惑う私に、龍はコツンと額を合わせてきた。

「……マジで、良かった。ナズナが無事で……」

切なげにつぶやく龍の言葉に、胸が締めつけられるような気がした。

ドキドキと鼓動がうるさい。

ああ、もう……私のこの浮ついた心をどうしたらいいんだろう？

なんて、こんなラブコメちっくな悩みを脳内に抱いてる場合じゃない。

今、考えなきゃいけないことは、他にある。

もし、一夜が来なかったら、ここからどうやって抜け出そうか。

「その前に、遼太郎の縄も解《ほど》かなきゃ。遼太郎、大丈夫？」

遼太郎の縄をほどいて、体を揺する。

彼は、スースーと気持ちよさそうに寝息を立てていた。大丈夫そうだ。

あらためて作戦を練っていると、通路で「うわああ」と声が上がったかと思うと、
ドカンッという音が響いた。

なんだ？　と顔を上げたその瞬間、

「ナズナさん！」

聞き慣れた声が耳に届いた。

鉄格子の前には、髪が見事にプリン化している男。

「プリ男？」

「今、開けますから！」

門番から奪ったのだろう、ジャラジャラした鍵《かぎ》をかざして見せた。

「どうして、プリ男」

長いものに巻かれるプリ男。どう見ても劣勢な私に味方するなんて、信じられない。

プリ男はカチャカチャと鍵を開けながら、笑みを見せた。

「……何言ってるんすか、忘れたんすか？　俺はあなたの舎弟っすよ」

「うそ……プリ男」

ここに来て株が急上昇だ。

「さすがナズナ、従順な舎弟がいるんだな」

隣で感心したように漏らした龍の言葉に、急に我に返った。

そうだ。普通の女の子には『舎弟』なんていない。

「ここは出しますけど、外は敵がいっぱいですから気をつけてくださいね」

扉を開けて手を振るプリ男に、「……協力はしてくれないの？」と横目で見た。

「無理っす。出しても、すぐに捕まると思いますが、がんばってください」

敬礼のポーズを取るプリ男に、こめかみがピクピクとひきつった。

なるほど、奴らを敵に回したくないし、私を見殺しにするのも気が引けたわけだ。

「いいさ、出してもらえるだけで十分だ」

龍の言葉に、私も「そうだね」とうなずいた。

プリ男の戦力なんてアテにできないし、ここで助けてくれただけで、大手柄だ。

「よし、龍。また、強行突破しなきゃね」

「ああ」

互いにうなずいた瞬間、ブォンバババッというマフラー音とともにバイクに乗った一夜が通路に姿を現わした。

「一夜！」

「悪い、待たせたな！」

すまなそうな一夜に、ううん、と首を振る。

「どうやって、バイクでここに？　地下なんだよね？」

「車が乗り入れられるスロープがあったんだよ。早く乗れ」と、一夜。

「いた、あそこだ！」

「逃がすな！」

すぐに教頭の兵士たちが通路の先に姿を現わす。

「一夜、交代だ。バイクの扱いなら俺に任せろ」

龍の言葉に一夜はうなずく。素早く龍がバイクにまたがり、アクセルグリップを握った。

「分かった、頼む。ほら、ナズナ」

一夜は私をシートに座らせ、その後ろに強引に座った。

「って、バイクに三人乗りって、大丈夫なの？」

「そんな贅沢《ぜいたく》を言ってられるような状態じゃねぇよ」

「遼太郎は？」

「後で助けに来よう！　それじゃあ、行くぞ！」

ヴォンというマフラー音とともに、兵士たちを蹴散《けち》らして駆け抜ける。

「追いかけろ！」

目を剝《む》いて走ってくる兵士たちに向かい、

「これでも喰《く》らえ！」

一夜はポケットから野球ボールを取り出し、彼らに向かって投げつけた。

「『これでも喰らえ』って……野球ボールなの？　逃げ出しておいて持ち込んだ武器はボールなわけ？」

「悪い、俺も逃げられなかったんだ」

「へっ？」

「この学園は、塀で囲まれていて、出入口はひとつ。そこには、敵がわんさかだ。とりあえず、『昇龍』の一人を捕まえて、バイクの鍵をぶんどって、少しでも武器になりそうなものや使えそうなものをかき集めてここに来たんだよ」

「そ、それじゃあ、どうするの？　バイクで入口を突破するわけ？」

「いや、無理だな、鉄の門だ。とりあえず龍、グラウンドに出てくれ！　花火を上げて十夜にピンチを知らせる！」

龍はすぐに「了解」と方向転換した。

「って、もっと優しく方向転換してよ！」

「振り落とされるだろ！」

「悪《わり》ぃ、しっかり掴《つか》まってろ」

龍は再び、アクセルグリップを握り、さらにスピードを上げて近づく敵を蹴散らした。

グラウンドに向かう私たちに、

「あいつらはどこに向かってるんだ？」

奴らは不可解そうに首をひねっていた。

そりゃそうだろう、誰もが校門に向かうと思うだろう。

グラウンドに行って花火を上げて、十夜が助けに来るまでどれだけの時間を稼げるだろう？

でも、今はそれに賭《か》けるしかない。

十夜はきっと学校前に設置したカメラで確認してくれるはずだ。

裏口からグラウンドに飛び出て中心に来るなり、一夜はすかさず花火の用意をする。

「その花火もどこかで用意したものなの？」

「いや、これは、いつも携帯している緊急用の発煙筒みたいなもんなんだ」

火がついた花火はヒュ～と打ち上がり、パンパンッと軽い音がしたかと思うとそれは小さな花が夕暮れの空に咲いた。

「……ショボ」

「ショボって言うなよ」

すかさずそう言い返した一夜に、龍がくっくと笑った。

「って、笑ってる場合じゃねーな」

龍の言葉に顔を上げると、私たちはズラリと教頭の兵士に囲まれていた。

その最前列で、顔をひきつらせたような笑みを浮かべる教頭と千尋。

「まさかここまで手こずらされるとは思わなかったよ。本気で兵士に欲しいくらいだ」

「ジョーダンだろ」

と私たち三人の声が揃う。

「で、今の花火は？　誰かに助けを求めたの？」

「ああ、おにーちゃんに助けを求めてみた」

一夜は不敵に微笑んだ。

「へえ、おにーちゃん来てくれるといいね」

千尋は楽しげに言いながら、冷ややかな目をこちらに向けた。

「また囲まれたけど？　たった三人で何ができるかな？」

「三人？　……そこにいるのはお前の兵士だけじゃない。俺の仲間もいるんだ」

強い口調で言い放った龍に、教頭と千尋は顔を見合わせ、笑い合う。

「悲しいね、まだ君は『昇龍』の『伝説の総長』のつもりかい？」

「保健室で部下に愛されるなんて、ある意味『伝説の総長』だね」

……実際、保健室で部下に愛されてしまった龍だけに、ここは笑えない。

そう思っていると、教頭の背後にいた数十人の兵士たちがゆっくりとこちらに歩み寄り、そして龍の背後に立った。

「悪いな、教頭、千尋ちゃん。今までいっぱいお小遣いもらって、いい思いもさせてもらったけど」

「やっぱり俺たちは総長を裏切れねぇし、これ以上のクズにもなりたくねーんだ」

「何より俺たちは……」

部下たちはスゥッと息を吸い込み、

「総長を愛してる！」

と胸に拳《こぶし》を当てた。

「ヤメロ」

　額を押さえる龍に、その横で一夜が心から感心している。

「すげー慕われてるな。お前の戦う姿を間近で見ていたら当然か」

　龍は気を取り直したように顔を上げ、教頭のすぐ後ろに立つ真鍋を見つめた。

　急に龍に視線を合わされ体をビクッとさせる真鍋に、龍はニッと笑みを浮かべた。

「真鍋《キン》、こっちに来いよ。お前も仲間だろ」

　そう告げた龍に、真鍋は大きく目を見開く。

「もうくだらねーことでストレス解消すんのはやめろ。お前の変な走り方、俺は可愛いと思ったけどな」

　その言葉に真鍋は涙をこらえているかのように、頬を紅潮させて顔をクシャクシャにした。

「来いよ、スグル」

　手を伸ばす龍に、真鍋はとうとうこらえきれなくなったのか、ボロボロと涙を流し、子どものように泣きじゃくりながらこちらに向かって駆けてきた。

「総長ぉぉぉ」

　そのまま龍に抱きつこうとする真鍋を、

「よーしよしよし、よく来た真鍋」

「それでいい、それでいいんだ」

抱きつくのを阻止するかのように部下たちが抱きとめた。

「これで三人じゃなくなったな」

「でも、まだ劣勢には違いない」

教頭は強がった笑みを浮かべ、「叩《たた》きのめせ！」と拳を振り上げた。

再び、兵士たちが怒声を上げて襲いかかってくる。

そこからはもう、めちゃくちゃだった。

誰が敵なのか、龍の側についた味方なのかも分からないまま、ただ飛びかかってくる輩《やから》を蹴散らし倒していく。

数十人がこちらの味方についてくれたとはいえ、教頭の言う通り劣勢には変わりない。それでも、形勢不利な闘いでも打ち勝つ方法はある。

それは――。

「大将の首を獲《と》ることぉ！」

私は、声を上げて敵の木刀を奪い取って、教頭に向かって駆け抜ける。

「ナズナ、やめろ、それで脳天かち割ったらマジで死ぬぞ」

慌てたように言う一夜に、片手を上げた。

「大丈夫、手加減はする」

「誰か、あの悪魔を止めろ！」

教頭が、喉《のど》の奥から絞り出すように叫んだ。

「……手加減すんの、やめよっかな」

そうつぶやいた瞬間、手にビシッと痛みが走り、木刀が地に落ちた。

「痛ッ」

驚いて顔を上げると、そこには、鞭《むち》を手にしている千尋の姿があった。

「じゃじゃ馬は鞭でしつけないとね」

再びビュンッと鞭を振り上げる千尋に、すばやく反応して体《たい》をかわす。

しかし、鞭に気を取られるあまり、うっかり尻餅《しりもち》をついてしまった。

「今だ、取り押さえろ！」

兵士たちに手足を拘束される。

私が舌打ちしていると、千尋がやってきて、喉元にピタリとナイフが当てられた。

「今度はさっきと逆の状況だね、ナズナちゃん」

喉に冷たいナイフの感触が伝わる。

「……サル」

吐き捨てると、千尋は愉快そうに笑った。

「この状態でそんな強がりを言えるなんて、ナズナちゃんは本当にアッパレだね」

くっくと笑うその姿は本当に可愛らしくて、まるで悪夢を見てるようだ。

「でも、大嫌いなんだよ、いつでも強気でいられる人間なんてね。お前らすべて僕の支配下に置いてみせる」

ナイフをグッと押しつけてきた。

首筋がヒリヒリと痛んで、血が滲《にじ》んでくるのが分かる。

「お前ッ、すぐに離せ！」

「ぶっ飛ばすぞ」

そう声を上げる一夜と龍に、

「少しでも動いたら刺すよ」

ゆらりと振り返って顔を歪《ゆが》ませた千尋に、二人は悔しそうに動きを止めた。

「……ほら、ナズナちゃん、命乞《いのちご》いをしてよ。僕に泣いてすがりなよ。誰も助けてくれないよ」

千尋は笑みを湛《たた》えながら、顔をのぞき込む。

「期待に沿えなくて悪いけど、情けなく命乞いしてまで生きのびようとは思わない。死ぬ瞬間まで私は私のままでいたいから」

視線をしっかりと合わせると、千尋は真顔になって、思い切り頬を平手打ちしてきた。バシンという音が響き、頬がジンジンと熱い。

「クソガキ、てめえ！」

「ぶっ殺す！」

心配して競うように叫ぶ一夜と龍の声が耳にうるさい。

「…………」

二人の声をよそに、私は、父が北海道の山の中でクマに遭遇したときの話を思い出していた。

クマに対し、一秒たりとも視線をそらさずに、睨《にら》み続けて撃退したと言っていた。

その話がどこまで本当かは知らないけど、今なら分かる。

獣を相手に、下手《したて》に出ちゃいけない。視線をそらさずに、睨み続けるんだ。

「……んだよ、その目！　つぶしてやろうか」

千尋がヒステリックな声を上げた時だ。

バラバラバラバラ……と、上空にヘリコプターの音が鳴り響いた。

「なんだ？」

空を仰ぐと何機ものヘリコプターが見える。

「警察のヘリだ！」

「なっ、どうして警察が！」

教頭と千尋が動揺する間もなく、ヘリは次々にロープを下ろして警官隊をグラウンドに突入させた。

「手を頭の後ろにして地面に伏せろ！」

武器を手に声を上げる警官隊を前に、さすがに観念したように伏せていく兵士たち。

私を拘束していた男たちも手を離して地面にひれ伏し、千尋も悔しげに唇を噛《か》んで手を頭の後ろに組んだ。

「くそ、証拠も令状もない中、どうしてこれだけの警察が？」

皆が驚く中、「陣内の奴が校門を開けやがったんだ」という誰かの声が耳に届いた。

プリ男の奴、地味にいい仕事をしてくれたらしい。

やがて、このグラウンドに、車椅子に乗った十夜が姿を現わした。

「十夜っ」

「この警察は十夜が？」

戸惑う私と一夜に、十夜はニッコリ笑った。

「君たちががんばってくれている間、僕も仕事をしていてね。ようやくここの教頭の正体を突き止めることができたんだ。……お久しぶりですね、矢沢さん」

冷たい目で教頭を見据えた。

「矢沢？」と声を揃えた私たちに、教頭は顔を歪ませる。

「矢沢って、もしかして十夜の敵《かたき》の……？」

十夜は、そう、とうなずいて、冷ややかな目を教頭に向けた。

「彼は元巡査部長で、個人的に押収したドラッグを懐に入れて売りさばいたり、独断で犯罪者を見過ごすことで自らの協力者を増やしたりしていった男だ。そして、柴田を殺した男でもある」

冷静な表情を浮かべているというのに、全身から青白い炎が揺らめいているようだった。

十夜にとっては不自由な体にさせられたことよりも、親友を殺されてしまった怒りの方が遥《はる》かに大きいことが伝わってきた。

この教頭こそが、矢沢国男。

「それがどうして、ここの学校の教頭に？」

「矢沢はここの理事長を言葉巧みに騙《だま》して教頭になったんだよ。それも、前々から計画を立ててきたことらしい」

十夜は教頭へと視線を移し、小さくため息をついた。

「しかし、あなたも懲りない方だ。だが、あなたの野望はここで幕を閉じる」

浮かべた冷たい笑み。その迫力に私まで気圧《けお》され、ヒヤリとした。

矢沢は小刻みに身体を震わせたあと、

「ただで捕まるかよ、このクソガキ！　お前さえいなければ、俺の野望は実現したんだ！　だいたい俺はお前らキャリア組が大嫌いなんだよ！　入庁と同時に警部補だって？　ふざけんな、ブッ殺してやる！」

懐から拳銃《けんじゅう》を取り出した。

「危ないッ！」

その瞬間、十夜も懐から拳銃をすばやく取り出して、教頭の右手を撃った。

ギャッ、と矢沢は悲鳴を上げる。

「良かった、腕は衰えてなかったね」

「って、兄貴、その銃は？」

「これは本物の拳銃じゃなくて、ちょっとだけ改造したオモチャだよ。なかなかの威力だろ？」

十夜は、口角を上げて言う。

「このクソガキ！」

矢沢は、再び拳銃を拾おうとする。

私は「させないから」と全力で駆け出し、そのままの勢いでドロップキックをした。

ぐはっ、と声を上げて、矢沢はそのまま白目を剥《む》いて地面に倒れ込む。

「鮮やかだね」

十夜は、パチパチと拍手をした。

「お兄さんこそ。お見事な腕前で」

「一応、元刑事です」

ふふっと笑う十夜に、「さすが」と笑みを返した。

学園中に、ファンファンとサイレンが絶えず鳴り響いている。

怒濤《どとう》の展開の中、解決した事件。

私は力が抜けてその場にかがみ込みながら、警察に連行されていく矢沢や生徒会役員の男、そして兵士たちを眺めたあと、なんとなく十夜に視線を移した。

「…………」

彼の目に涙が光っているのが見えて、胸が切なく詰まった。

大切な親友を失って、不自由な体になりながらも臆《おく》することなく、たった一人で立ち向かっていた事件。

それが、ようやく解決したんだ。

ずっと泣けなかった彼が、ようやく涙を流すことができたんだ。

親友も喜んでいるだろう。

十夜が自分の無念を晴らしてくれたことを……。

ううん、違う。『無念』なんかじゃなく、自分が解決できなかった事件を片づけてくれたことを喜んでいるだろう。

きっと、十夜に感謝しているに違いない。

なんだか私まで、ジワリと目頭が熱くなる。

涙がこぼれそうになったのと、あまり見ていてはいけない気がして、目をそらしていると、

「……ナズナちゃん」

十夜が車椅子でゆっくりと近づいてきた。

「えっ？」

「血が滲《にじ》んでる」

内ポケットからハンカチを取り出し、しゃがんだままの私の首筋に優しく当てた。

「あ、大丈夫です」

「駆けつけるのが遅くなって、本当に申し訳ない。君が無事で本当に良かった……怖かったね」

と、十夜は優しく頭に手を載せてくれた。

「いや、あの……怖くなんて……」

ううん、違う。本当は、すごく怖かったんだ。

それまで張りつめていたものがゆるんで、ボロボロと涙が溢《あふ》れ出た。

「こ、怖かった。本当は怖かったの」

よしよしと大きな手で撫《な》でられ、私は自分が助かったことを実感し、

「……ッ！」

気がつくと彼の膝《ひざ》に顔をうずめてオイオイと泣いていた。

「って、なんだよ、兄貴、あとから来て美味《おい》しいとこだけもっていくなよ」

「マジでそう思う、俺たちの方ががんばったのによ」

不服そうに声を上げる一夜と龍に、十夜は、ごめんごめん、と笑う。

「おかげで重い犯罪の膿《うみ》がすべて出た。ありがとう、いっちゃん、龍くん」

「いっちゃんって呼ぶなよ」

ブスッとして腰に手を当てる一夜に、龍が楽しげに笑った。

そんな間もずっと、パトカーのサイレンが鳴り響いていた。

エピローグ

学園を根城とし、違法薬物の生成や脱税行為への関与、売春斡旋《あっせん》をしていた元警視庁巡査部長の悪事は、すぐに世に知れ渡ることとなった。

その後、警察の取り調べや、押し寄せるマスコミで、しばらくの間は大変な騒ぎだった。

そうして、二週間後。

私は事件解決への功績を称《たた》えられて、特別栄誉賞なんてものを理事長からいただき、特別にA組に栄転することとなった。

——放課後。

「あ、もしもしお父さん？　私は無事A組に移れたよ」

学校の中庭で、私は父に電話をして、明るい声で報告する。

「本当だって。学校に確認してもらってもいいし。だから、フランスには行かないからね」

本当は、勉強でA組に栄転したわけじゃないのだけど、と心の中で舌を出す。

「それより、お父さん、そんなにそっちの選手がショボいなら帰国してよ。すっごい逸材を紹介するから。本当にすごいよ、私よりセンスがあると思う。『伝説の総長』って呼ばれててね、かなりのイケメンだし、格闘界でデビューしたら大スターになると思う。うん、そうそう、だから私を格闘界に引きずり込もうとするのはやめてね。それじゃあまた」

そのまま電話を切って、私は力いっぱい体を伸ばした。

「あー、スッキリした」

その時、誰かが頭にポンッと手を載せてきた。

「おい、ナズナ、勝手に俺をオヤジに売り込んでるんじゃねーよ」

振り返ると、そこには、龍の姿。

桜花学園の制服を着ていて、首から一年生のネクタイが下がっている。

以前、男子高を中退した龍だけど、理事長のはからいでこの学園に入学することになったのだった。

まあ、成績の問題でクラスはE組だけど。

「いやいや、これは私がフランスに行かないためのもので」

「ま、別にいーけどよ、それより校務員室に行こうぜ」

ニッと笑った龍に、「うん」とうなずいて、ともに校務員室に向かった。

「ちわーす、遊びに来てやったぜ、校務員のお・じ・さ・ん」

校務員室のドアを開けた私たちに、一夜が「あー？」と不機嫌そうに振り返った。

一夜は理事長のたっての願いにより、一時的に学校の用心棒兼校務員として雇われている。

だがそれも来年までの話だ。

「そんな不機嫌な顔しないの。ほら、一夜も一緒にお茶しようよ」

私は靴を脱いで畳に上がり、お茶の用意をしてテーブルの上に置いた。

「ナズナ、A組はどうだ？」

「うん、お固いのがどうも肌に合わなくて。でも遼太郎がいるからなんとか。でもね」

私は、ふう、と息をついて、頬杖《ほおづえ》をつく。

「でも、なんだ？」

「遼太郎、いっつも一年E組に入り浸ってるの。龍に会いに」

一夜はぶっと噴き出して、龍を横目で見た。

「さすが、伝説の総長。男のファンも多いんだな」

シミジミとそうつぶやいた私に、龍は、うるせーよ、と肩をすくめる。

「変なこと言うなよ、マジで変な慕われ方してんだから」

露骨に顔をしかめる龍にクスクス笑っていると、一夜が沈痛な面持ちで頬杖をついた。

「それはそうと、河合千尋の奴、心の病と診断されて病院だってよ」

「え……千尋が？　嘘でしょう？」

「あいつは賢いから、病気のふりをした可能性も高いけどな。十夜の調査では、あいつ、中学のときにずいぶんいじめられてたらしいんだ。クラスの目立つ連中に酷《ひど》い扱いを受けてたらしい。それからデカい顔する奴らにいつか仕返ししたいって気持ちがあったみたいだな」

フーッと息をつきながら言った一夜の言葉に、胸が詰まった。

『でも、大嫌いなんだよ、いつでも強気でいられる人間なんてね。お前らすべて僕の支配下に置いてみせる』

顔を歪《ゆが》ませて笑う千尋の姿が浮かび、重苦しい気持ちで、目を伏せた。

「どうして、教頭とつるんだんだろうね」

「矢沢は人の弱いところを見つけ出すのが得意だから、河合の心の闇に気づいて近づいたんじゃねーか」

そっか、と私は苦々しい気持ちで、目を伏せる。

　校舎の外で、「龍様はどこかしら」「まだ学校を出てないはずよ、バイクがあったもの」という女生徒の声が聞こえてきた。

「良かったね、龍。ちゃんと女子にもモテモテだね」

　ニヤニヤ笑って言うと、龍は眉《まゆ》をひそめた。

「分かってるだろ？　俺はお前がいいんだ」

「おい龍、その前に、こいつは俺の女だから」

「はっ？　それは『ふり』でもう終わったんだろ、図々《ずうずう》しいな」

「って、ナズナ自身はどうなんだよ？」

　一夜と龍は、真顔で私を見る。

　私はゆっくりと顔を上げて、二人を見つめ返した。

「二人とも……」

　彼らはゴクリと喉《のど》を鳴らした。

「ごめんなさい」

　深く頭を下げた私に、二人は「はっ？」と声を揃える。

「正直ね、一夜にも龍にも心が揺れたときがあった。けど……今の私には、好きな人がいます」

　私がハッキリとそう告げると、「はあ？」と眉を寄せる二人。

「だ、誰だよ、もしかして保坂なのか？」

「A組にイイ男がいたのか？　俺と決闘させろ」

そう詰め寄る二人を「まあまあ」と掌《てのひら》で制し、

「私・二宮ナズナは、樋口十夜さんに恋をしました」

そう言って、うっとりと手を組んだ。

「十夜さんって……」

「恋心を自覚した今、彼を呼び捨てになんてできなくて」

はああ？　と二人は目を見開く。

「ほら、私って、暴れん坊でしょう？　正反対のものに憧《あこが》れる傾向があるのよ。十夜さんはクールでカッコイイし大人で包容力はあるし、何より冷静で理知的。だけど胸の内側に熱いものを秘めていたりして、そこがたまらないし。何よりね、彼はこの私がごく自然に甘えられて、弱さを出せる人なのよ。まだ気持ちは伝えていないんだけど、十夜さんの不自由なところは私がカバーしてあげることができたら、って思っちゃったりしてるの」

キャーッと声を上げた私に、一夜と龍は呆然《ぼうぜん》と顔を見合わせた。

「そんなわけで、今日はこれから十夜さんに勉強教えてもらうことになってるの。またね」

バイバイ、と手を振り校務員室を出ると、

「ちょ、待てよ」

「ナズナ、マジか」

二人が慌てたように追いかけてくる。

私はそんな二人を無視して、速足で歩く。

スタートしたばかりの京都での新生活だというのに、恋にトラブルにと、こんなにも山あり谷ありでいいんだろうか？

でもまあ、いいとしよう。だって女の人生は波《は》瀾《らん》万丈。

花も嵐も踏み越えて、幸せをつかむもの。

うん、と強くうなずいて、夕日が差し込む校舎の廊下を、弾む足取りで駆け抜ける。

二宮ナズナ、高校二年生の春だった。

あとがき

ご愛読ありがとうございます。望月麻衣《もちづきまい》です。

私は二〇一三年に小説投稿サイト『エブリスタ』主催の小説賞を受賞し、デビューに至りました。その時のデビュー作が『花嵐《チーレム》ガール』といって、ソフトカバーの単行本として主婦の友社さんより、二〇一四年に刊行されました。

本作品は、そのデビュー作を大幅に書き直したものです。

角川文庫の担当さんに、「今さらですが、望月さんのデビュー作を読んだんです。とても面白かったので、ぜひ文庫で刊行しませんか？」とお声を掛けていただき、とても嬉《うれ》しく思いました。

いざ、デビュー作の原稿に向き合うと、とにかく拙《つたな》い。今も決して優れた筆致とは言えない私ですが、デビュー作は目をそらしたくなるほど。

ですが、今の自分には決して書けない、息もつかせぬ怒濤《どとう》の勢いがありました。

当時の自分の拙さに落胆しつつ、エネルギーに圧倒されもしたんです。

元の作品は、北海道から東京に移り住むという設定でした。『都会に憧れていたのに、住んだのは東京の外れで、全然都会じゃない』と落胆する展開です。

当時の私は、ちゃんと取材というのをせず、ネットや地図で調べて書いていたので、舞台の描写がどこかふわふわしていました。

これならいっそ慣れた京都を舞台にしてみてはどうだろう？　京都に憧れて来るも、洛外《らくがい》の普通の住宅地で戸惑うという展開も面白いかもしれないと思いました。

作中にも書きましたが、洛外はとても住みやすいです。京都に住みたいけれど、なんとなく怖そうと感じられている方はぜひ、ご検討ください（笑）。

さて、そんなわけでこの作品は、全面的に手を入れて修正し、『単行本の文庫化』なんてものではなく、ほとんど違うものになりました。どんな風に変わったのか興味がある方は、ぜひ主婦の友社から電子版で配信されている『花嵐《チーレム》ガール』の方も覗《のぞ》いて、読み比べていただけると嬉しいです。

本作、過去の自分と向き合うようで過酷ではありましたが、当時の自分の原稿から、元気ももらえました。ちなみに私のデビューの決め手となったのは、『女性作者とは思えないバトルシーン』だったそうです。そんなバトルシーン、ラブコメ、学園ミステリーと様々な要素がてんこ盛りのエンターテインメント全開の作品です。

読んでくださった方が、少しでも楽しい気分になってくれたら幸いに存じます。

私と本作を取り巻く、すべてのご縁に心より感謝申し上げます。
本当にありがとうございました。

望月麻衣

本書は、二〇一四年九月に主婦の友社より刊行された単行本『花嵐《チーレム》ガール』を大幅に加筆修正のうえ、改題して文庫化したものです。

この作品はフィクションであり、実在の人物・団体・地名等とは一切関係ありません。

二宮《にのみや》ナズナの花嵐《はなあらし》な事件簿《じけんぼ》

京《きょう》の都《みやこ》で秘密《ひみつ》探偵《たんてい》始《はじ》めました

望月《もちづき》麻衣《まい》

令和3年 2月25日　初版発行

発行者●堀内大示

発行●株式会社KADOKAWA
〒102-8177　東京都千代田区富士見2-13-3
電話　0570-002-301（ナビダイヤル）

角川文庫 22555

印刷所●株式会社暁印刷
製本所●本間製本株式会社

表紙画●和田三造

●お問い合わせ
https://www.kadokawa.co.jp/（「お問い合わせ」へお進みください）
※内容によっては、お答えできない場合があります。
※サポートは日本国内のみとさせていただきます。
※Japanese text only

ISBN 978-4-04-110976-2　C0193

角川文庫発刊に際して

角川源義

第二次世界大戦の敗北は、軍事力の敗北であった以上に、私たちの若い文化力の敗退であった。私たちの文化が戦争に対して如何に無力であり、単なるあだ花に過ぎなかったかを、私たちは身を以て体験し痛感した。西洋近代文化の摂取にとって、明治以後八十年の歳月は決して短かすぎたとは言えない。にもかかわらず、近代文化の伝統を確立し、自由な批判と柔軟な良識に富む文化層として自らを形成することに私たちは失敗して来た。そしてこれは、各層への文化の普及滲透を任務とする出版人の責任でもあった。

一九四五年以来、私たちは再び振出しに戻り、第一歩から踏み出すことを余儀なくされた。これは大きな不幸ではあるが、反面、これまでの混沌・未熟・歪曲の中にあった我が国の文化に秩序と確たる基礎を齎らすためには絶好の機会でもある。角川書店は、このような祖国の文化的危機にあたり、微力をも顧みず再建の礎石たるべき抱負と決意とをもって出発したが、ここに創立以来の念願を果すべく角川文庫を発刊する。これまで刊行されたあらゆる全集叢書文庫類の長所と短所とを検討し、古今東西の不朽の典籍を、良心的編集のもとに、廉価に、そして書架にふさわしい美本として、多くのひとびとに提供しようとする。しかし私たちは徒らに百科全書的な知識のジレッタントを作ることを目的とせず、あくまで祖国の文化に秩序と再建への道を示し、この文庫を角川書店の栄ある事業として、今後永久に継続発展せしめ、学芸と教養との殿堂として大成せんことを期したい。多くの読書子の愛情ある忠言と支持とによって、この希望と抱負とを完遂せしめられんことを願う。

一九四九年五月三日